漱石の新婚旅行

小宮　洋

海鳥社

はじめに

（夫婦喧嘩のコツは）あまり高価でないような瀬戸物を叩き付けてこわすのである。二銭か三銭かの瀬戸物でも、力いっぱい叩きつけると、大袈裟な音を立ててみじんに砕けるので、こちらの癇癪《かんしゃく》はすっと晴れるし、女は欲だけは深いから、音だけの効果に慴えて、これでは世帯が堪らぬと、すぐに閉口する（中略）。夫婦喧嘩は、安物の瀬戸物を打ちこわすに限るよ。(1)

これは、夏目漱石が、結婚したばかりの中村武羅夫――その頃彼は雑誌『新潮』の訪問記者をしていた――に伝授した「夫婦喧嘩のコツ」なるものである。漱石は中村武羅夫に結婚祝として書をプレゼントし、そのように言うと、「いかにも会心そうな微笑を、例の唇の隅のあたりに縹渺《ひょうびょう》と漂わ」せた。また、「夫婦喧嘩というものは、やらないわけにはいかないものだよ。なにしろ女というヤツは愚劣な動物で、ロジックが通じないんだからね」とも言ったという。

気を許した雑誌記者とのオフレコ談話中の発言とはいえ、文豪・漱石にしてはいかにもお粗末な「夫婦喧嘩のコツ」である。居酒屋の座談の中でなら大受けをするかもしれないが、そこには、漱石らしい知性のひらめきは感じられない。だが、そういう女性蔑視の観念を内に含んだ俗人性もまた、人間漱石の否定しがたい一面であったようだ。

よくいわれるように、漱石においては円満な人格と狂気が同居していた。のみならず、非凡と平凡、近代と前近代、老成と稚気、過敏と鈍感等、相対立するものの混在が、漱石とその人生を特徴づけているように思われる。例えば、亡くなる二十日ほど前「死ぬなんてことは何でもないもんだな。おれは今かうやつて苦しんで居ながら辞世を考えたよ〈2〉」と言ったのも漱石であり、死ぬ直前「非常に苦しみ出し、自分の胸をあけて、早くこゝへ水をぶつかけてくれ、死ぬと困るから〈3〉」と言ったのも漱石である。

その「死ぬと困るから」という臨終の言葉が、「則天去私」の挫折（すなわち漱石の人間探求の挫折）として問題にされることがある。しかし、漱石が追い求めてきたものが「則天去私」であろうとなかろうと、死ぬ間際に最後の力を振り絞って「死ぬと困る」と訴えたというのは、漱石らしい、漱石にふさわしい言葉であったのではないか。私は、〈求道者・漱石〉だけではなく、死を恐れ、最期の一瞬まで生きることに執着した〈凡人・漱石〉にもまた、強く心を惹かれるのだ。私が漱石に対して親しみと懐かしさを感じることができるのは、むしろ、漱石がそんな人間であったからこそだと思う。

熊本第五高等学校教授・夏目金之助（漱石）が新妻の鏡子を伴って福岡を訪れ、「鹹《しお》はゆき露にぬれたる鳥居哉（箱崎八幡）」等の句をつくったことを初めて知ったのは、江藤淳の『漱石とその時代　第一部』[4]を読んだ時であった。私はその頃、高校の国語教師で福岡市近郊に住んでいたこともあり、漱石を急に身近なものに感じた。『漱石とその時代　第一部』には、箱崎八幡の句の外に「秋立つや千早古る世の杉ありて（香椎宮）」、「反橋《そりはし》の小さく見ゆる芙蓉哉（太宰府天神）」の句が紹介されていた。

　こんな近くに漱石の足跡が残されていたのだ！　私は、一時期漱石の熱心な読者でもあったし、大いに興味をそそられた。と同時に、漱石夫妻の福岡旅行について、より詳しく知りたいという思いが強まった。しかし江藤淳は、漱石が詠んだ俳句（三句）を挙げたうえで、「（妻の鏡子は）九州の宿屋や温泉宿を不愉快がって、この旅行をあまり楽しまなかった」と述べている程度であった。関連して目を通した鏡子の『漱石の思ひ出』も、小宮豊隆の評伝『夏目漱石』も、福岡旅行に関する記述は、江藤淳のそれよりも一層簡略であった。両書とも、漱石が福岡で俳句を作ったことについては全く触れていない。文豪・漱石の生涯にとって、田舎教師時代の小旅行など取るに足りない出来事なのかもしれないが、私にとっては大いに不満であった。その時私は、こうなったら自分で調べる以外にない、よしやってやろうと、一人で意気込んだものであった。

　それから、あっという間に三十年が過ぎ、私は教師を定年退職した。そして、八年間の非常勤講師生活を終える頃になって、やっと漱石に関する資料を集め始めた。学校を卒業した後になって、やり残した宿題を始めるようなものであった。もっと早くやっておくべきであったと後悔しつつも、提出期限や先生の評価を気にする必要のない〈宿題〉であったから、資料収集自体は楽しくやり通すことができた。

しかも、漱石は国民的作家といわれるだけあって、関連の研究書や論文はほとんど無数にあり、資料はよく整備されていた。時間とお金さえ使えば（お金のない私は図書館を活用したが）、資料の収集はそれほど困難ではなかった。

しかし、資料を読み進めるにつれて、私は漱石という人間の複雑さを痛感することになった。例えば、五高教授時代の漱石が校友会誌に載せた、「人生」⑸という論説文がある。それは、鏡子と結婚した直後に執筆したものであった。その中で漱石は、人間心理の不条理を説き、「世俗」が「狂気と呼ぶ」ものの存在に言及し、それらをむしろ肯定的に論じている。結婚という人生の新たな出発点に立ったばかりにしては、漱石の言説は暗い。

論説文「人生」は、人生を、次のように理屈っぽく定義づけることから始まっている――「空《くう》を劃て居る之《これ》を物といひ、時に沿ふて起る之を事といふ、事物を離れて心なく、心を離れて事物なし、故に事物の変遷推移をなづけて人生といふ」と。

続けて漱石は、具体例を挙げながら人生の「錯雑なる」ことを指摘し、「小説は此《この》錯雑なる人生の一側面を写すものなり」と述べる。ここらあたりの論の展開はスムーズで分かりやすい。

だが、漱石の主張の要点はその後にある。すなわち、偉大な小説は「事物の紛糾乱雑なるものを綜合して一の哲理を教ふる」ものであるが、人生には小説さえ「観破し」尽くすことのできない「一種不可思議のもの」が存在する、というのである。そして「因果の大法を蔑《ないがしろ》に」して起こる「狂気」と、「青天にも白日にも」見る「夢」の存在を強調する。しかも「人生の真相は半ば此夢中にあ（る）」というのだ。

了解不可能な「Xなる人生」を主張する漱石は、彼に関する〈理知の人〉というイメージの修正を、私に迫ってきた。若い学生に向かって、人生における「狂気」や白日に見る「夢」の重要性を説く漱石――これは一筋縄にはいかないぞ、と私は思った。おまけに、難解な漢語をふんだんに使った文章を読むのに骨が折れたし、英文学や西欧思想、さらには漢文学や禅に関する漱石の該博な知識には、全く太刀打ちができなかった。しばらくは広大な原生林をさまよい歩くような状態が続いた。漱石の像が結ばないのだ。

結局私は、漱石が自分の受容能力をはるかに超えていることを、残念ではあるが認めざるをえなかった。だが、そもそも他者を百パーセント理解することなど、百パーセント不可能なことではないのか。いわんや広大な原生林のごとき漱石においてをや、である。そう開き直って、私は改めて漱石に立ち向かうことにした。

漱石は狂気を内に秘めた天才であった。漱石に関しては、優れた文学研究者、評論家、思想家、精神科医などの、優れた研究成果が数多く残されている。また、漱石と生活を共にした妻・鏡子や子供たち、同時代を生きた友人や教え子たちの記録も数多く存在する。それらの多くは〈秀才の見た天才・漱石〉の姿を描いたものであるが、それでも、漱石の天才と狂気を十分捉え尽くしたとはいえないようだ。

〈秀才の見た天才・漱石〉があるのなら〈凡才の見た天才・漱石〉があってもいいのではないか。拙著『漱石の新婚旅行』は、〈凡才の見た天才・漱石〉の姿であり、漱石という広大な原生林の、木を見て森を見ない試みの集積である。私が見出した原生林の木が(それがたった一本の木であっても)、「夫婦喧嘩は、安物の瀬戸物を打ちこわすに限る」と言い放った〈天才・漱石〉の姿を、少しでも読者に伝えることができるのだとすれば、無上の幸せである。

なお、本書における漱石の作品や書簡等の引用は、基本的には、一九九三(平成五)年から一九九九(平成十一)年にかけて刊行された、岩波書店版『漱石全集』(本書では平成版『漱石全集』とよぶ)によった。ただし、子規との往復書簡(句稿を含む)のみは、和田茂樹編『漱石・子規往復書簡集』岩波文庫(二〇〇〇年刊)によった。

引用にあたっては、原文に忠実であることを心がけたが、難解語や誤読のおそれがある漢字には、一部ルビを付した。逆に、総ルビがほどこされている作品の場合など、ルビを削除したところもある。また、『漱石全集』掲載の書簡にはほとんど句読点が使われていないが、読みやすくするために、本書では文と文の間を一マス空けた。一部、文節間を一マス空けたところもある。

小宮　洋

注

(1)「夫婦喧嘩のコツ」に関する引用は、角川書店版『漱石全集　別巻(漱石案内)』(一九六一年刊)の中村武羅夫筆「夏目漱石」による。次の段落の引用も同じ。

(2) 夏目鏡子述・松岡譲筆録『漱石の思ひ出』岩波書店(一九二九年刊)の「六〇　死の床」による。

(3) 小宮豊隆著『夏目漱石』岩波文庫　上中下全三冊(一九八六年〜一九八七年刊)の「七三　死」による。

(4)『漱石とその時代』の「第一部」は一九七〇(昭和四十五年)年、新潮社よりに刊行された。漱石夫妻の福岡旅行に関する記述は、その「21　星別れんとする晨」にある。

(5) 論説文「人生」が掲載された五高の校友会誌『龍南会雑誌』第四十九号の発行は、漱石が結婚して約五ヶ月後の一八九六年十月二十四日である。

漱石の新婚旅行◉目次

第一章　漱石の新婚旅行

二日市温泉（福岡県筑紫野市二日市）にある漱石の句碑
「温泉（ゆ）のまちや　おどると見えて　さんざめく」
漱石夫妻は新婚旅行で二日市温泉に一泊した。

裏長屋式の珍な結婚

一八九六（明治二十九）年の九月に入るとすぐ、新婚三ヶ月になろうとしていた夏目金之助（漱石）と妻・鏡子は、福岡県内を巡るいわば「新婚旅行」に出かけた。そして熊本に帰着した直後の九月七日、婚姻届を提出し正式に夫婦として入籍した[1]。漱石は、この時第五高等学校教授で二十九歳、鏡子（戸籍ではキヨ、鏡子は通称）は十九歳であった。

結婚式は六月九日、熊本市光琳寺町（現中央区下通）の漱石の自宅（借家）で行われた。式は、江戸の大名主であった夏目家の五男と貴族院書記官長の長女の結婚式としては、きわめて質素なものであった。むしろ奇妙な結婚式といっていいかもしれない。鏡子自身『漱石の思ひ出』（以下この章において、注などで書名を明記しない引用は同書からのもの）の中で「寔《まこと》に裏長屋式の珍な結婚」と述べている。

式場である借家の離れは六畳であった。新婦側からの参列者は「普段の背広服」姿の鏡子の父・中根重一ひとりであり、夏目家側からは誰も参列していない。他は「一切合財仲人やらお酌やらを一人でする」「東京から連れて行つた年とつた女中」と、「台所元で働いたり客になつたり」する「婆やと俥夫」の、計四人であった。どうにか様になっていたのはフロックコートを着た漱石と振袖姿の鏡子ぐらいのもので、「盃事が終はつても、不粋な父に謡一つうなることも出来ず、甚だ呆気《あっけ》ない結びの式」であった。鏡子が「どうも嫁に行くといふ風な御大層な気持にもならなければ、晴れの結婚式だといふ情」もわかなかったというのも当然であろう。結婚式の総経費は「しめて七円五十銭」、新居の一ヶ月の家賃以下であった。

前年の暮れ、漱石と鏡子の間に婚約が成立した時、鏡子の父・中根重一は、漱石が東京で職を得て式を挙げることを望んだ。しかし東京には適当な職がなく、漱石は、前年から五高に勤めていた菅《すが》虎雄——狩野亨吉・大塚保治・中村是公と共に、漱石が学生時代以来、生涯にわたって親交を続けた友人——の薦めを受け入れ、愛媛県尋常中学校（後の旧制松山中学校）から五高への転職を決意する。そして、松山から中根重一に手紙で、「知らない遠い土地に来るのが、気が進まないやうだつたら、やむを得ないから破談にしてくれないか」と申し出た。それでも婚約は解消されず、中根家は、「（結婚式は）一番手数のかゝらない略式に願ひたい」という漱石の要求を受け入れてまで、「余りぱつとしない中学校教師風情に娘をやらう」ということにしたのだった。

鏡子は、自分のことを「殊に旧式に育てられた方の娘」といっているが、教育勅語的な良妻賢母教育を受けたことはなかった。教育勅語の公布は一八九〇（明治二十三）年、鏡子が十三歳の時である。鏡子の二人の妹たちは、華族女学校（後の学習院女子部）に二頭だての馬車で通ったが、彼女はそうではなかった。小学校を卒業しても進学をせず、長女・筆子に言わせると「天皇陛下（昭和天皇）と同じ[2]」ように、教科ごとに家庭教師について学んだ。しかしその成果はあまり上がらなかった。中根家においては家庭教師は使用人の格付けであり、組織的な教育がまともに行われることはなかったようだ。

　父・重一は、「鹿鳴館華やかなりし頃には鏡子を舞踏会に出席させた」（『漱石の長襦袢[3]』）こともあったという。彼女は、比較的自由な家庭環境のなかで、文明開化と欧化主義の空気を大きく吸って成長していった。こうして、朝寝坊で料理下手の、台所と茶の間に閉じこもるには不向きな、一人の淑女ができあがったのだった。「もう年頃だといふので方々から縁談の口がかかつて来」たが、父・中根重一は娘の婿選びにあれこれ悩んだにちがいない。彼は、娘が良妻賢母にはほど遠い女であることを、十分知っていたで

漱石と鏡子の見合の場となった貴族院書記官長官舎。円内は鏡子の父・中根重一（野田宇太郎文学資料館蔵『漱石寫眞帖』より）

あろうから。

ところが一八九五（明治二十八）年、鏡子が十八歳の秋、夏目家との間に縁談が持ち上がると、話はとんとん拍子に進行していった。漱石の見合い写真はあばた面をきれいに修正してあったし、「上品でゆつたりとしてゐて、如何《いか》にもおだやかでしつかりした顔立で」、鏡子には「殊の外好もしく思はれ」た。重一も乗り気だった。漱石は、帝国大学（文科大学英文科第二回生）を優秀な成績で卒業し、大学院で研究を積んだ学者タイプの秀才であった。「中学校教師風情」のままで終わるとは考えられない。しかも、重一が調査した範囲では周囲の評判もなかなか良かったし、家に縛られることの少ない末っ子であった。

さらに、鏡子が「殊の外好もしく」思った漱石の風貌は、傲慢さや尊大さにつながりそうな力みを全く感じさせなかった。鏡子を受け入れるだけの柔軟さと優しさを持った、彼女にうってつけの青年に見えた。この縁談は何としても成功させなければならない。見合いはこの年の暮れの二十八日、中根一家が住む官舎の二十畳の部屋で行われたが、この時すでに重一の腹は固まっていた。鏡子は見合いの数日前、父の重一が母に向かって、「（見合いの席上で）きまった積りで話をするな」と言ったのを聞いている。これは、自分たちの気持は決まっているが、見合いの場ではそれと気づかれるようなことを言うな、と注意を与えたのである。もちろん心中では「裏長屋式の珍な結婚」式を挙げることになろうとも、この縁談は成功させると決意していた。重一はこの結婚が、かわいい娘を——無神経で大雑把なところはあるが、根っこは素直な鏡子を——きっと幸せにすると信じたのであろう。

　新生活をスタートさせ新婚旅行を終えて入籍をすませると、間もなく漱石夫妻は、家賃八円の光琳寺町の借家から、熊本市合羽町（現中央区坪井町）の家賃十三円の家に引っ越した。漱石は結婚してから熊本を去るまでの四年間に五回転居しているが、合羽町以後は、自宅に同僚を同居させたり、五高生を下宿させたりすることが多かったし、鏡子のヒステリーや重い悪阻《つわり》の発作に悩まされることもあった。また、結婚三年目には長女筆子が生まれるので、漱石が鏡子と二人きりでのんびり新婚生活を送ることができたのは、光琳寺町で過ごしたこの夏から初秋にかけての三ヶ月余のみであった。

　鏡子は結婚式直後のエピソードとして次のようなことを語っている。


　新婚早々一つの宣告を下されました。

「俺は学者で勉強しなければならないのだから、お前なんかにかまつては居られない。それは承知してゐて貰いたい。」

といふのです。私の父も役人ではありましたけれども、相当に本は読む方でしたから、学者の勉強するの位にはびくともしやしませんでしたが、何しろ里にいた時とは様子のがらりと違ふのにはまゐつて了《しま》ひました。

（「三　結婚式」）

新婚の妻に向かって、「お前なんかにかまつては居られない」と「宣告を下す」とはなかなかの亭主関白ぶりであるが、このくだりには、鏡子の複雑な思いが込められているように思われる。

鏡子は貴族院書記官長の長女であり、「謂《い》はば山ノ手式に育てられ」たお嬢さんであった。両親と五人の弟妹に囲まれ、「書生三人、女中三人、抱車夫一人」を置いた豪華な官舎で暮らしていた。鏡子は——結婚に関しては親の意志が働いていたとしても——東京での華やかな生活を捨て、「右を見ても左を見ても不案内の」熊本までやって来たのだ。そんな健気な十八歳の新妻（この時鏡子はまだ十九歳の誕生日を迎えていなかった）に対して、「おまえなんか」と言い放つほど、漱石は無神経な夫ではなかったはずだ。この部分は、恐らく漱石の言葉の正確な再現ではあるまい。少なくとも「なんか」という助詞は、鏡子が付け加えたものであろう。しかし、これは鏡子が意図的に作り上げた嘘ではなかった。鏡子には、二十年間の夫婦生活を通して自己の内部に結晶した、夫・漱石のイメージがあった。さらに、夫死後十数年の歳月の流れは、そのイメージを強め固定化させたであろう。結婚式直後の「宣告」も、日頃の（特に夫婦関係がこじれた時期の）漱石の口調と結びついて回想され、「おまえなんか」という表現になったと思われる。

漱石の「宣告」に対して、鏡子が「学者の勉強するの位にはびくともしやしませんでした」と受けて立ったというのも、十八歳の新妻のリアクションとしては不自然である。確かにこういう切り返し方は、鏡子の性格、すなわち「よく云えば、人の憶測などは気にもとめぬ、男のような性格」(『父・夏目漱石』[4])をよく表している。しかしここにも、五十歳の未亡人・夏目鏡子の思いが忍び込んでいるはずである。鏡子は、後年漱石の「あたまの病気」による異様な行動と理不尽な暴力に耐え、離婚の要求を拒み、六人の子供を育てながら文豪・夏目漱石を支え通した。ここには、そういう鏡子の自負が反映しているのではないか。

この夏は、地震、洪水等、自然災害が日本各地で頻発した。特に、漱石が結婚式を挙げた六日後の六月十五日、3・11東日本大震災級の巨大地震と津波が三陸地方を襲った。「山の裾へ蒸気船が上つてくる　高い木の枝に海藻がかゝる抔《など》いふ」(大塚保治宛書簡[5])状況で、死者は二万数千人に及んだ。漱石は「義捐金徴集の廻状がくるや否や月俸百分の三を差出(し)」(同前書簡)ている。

だが幸いなことに九州地方は、災害とは無縁であった。漱石は熊本の「暑気のはげしきには殆んど閉口」(同前大塚保治宛書簡)状態であったが、鏡子との新婚生活は——トラブルがなかったわけではないが——まずは平穏に滑り出していた。

「お前なんかにかまつては居られない」と「宣告」したというだけあって、漱石は「家の事は一向お構ひなし」で、「一緒に連れ立つて出ると、生徒に見られていやだ」と、鏡子と「散歩や買ひ物に出たことはまづ」なかった。一方鏡子の方は、朝寝坊をして夫を「時々朝の御飯もたべさせないで学校へ出したやうな例も少なく」なかった。しかしそれが、夫婦間の大きな対立に発展することはなかったようだ。

そこでこれではならないといふので、枕元の柱に八角時計をもつて来てねてゐますと、チンと半時間打つ度に驚いて起き上がつたりする滑稽を演じなどして、結局眠り不足と気疲れとで、ほんとにしばらくの間ぼんやりしてゐました。自然やることなすことへまが多いのでせう。

「お前はオタンチンノパレオラガスだよ。」

そんな風に揶揄《からか》ふやうに申します。オタンチンノパレオラガス。どうもむづかしい英語だ。どうせお前はとんまだよといつた意味なんだらうとは察しましたが、はつきりしたわけがわからない。向こうでは面白がつて、何かといふとしきりにオタンチンノパレオラガスを浴びせかけます。

（「三　結婚式」）

「オタンチンノパレオラガス」は、『吾輩は猫である』では「オタンチン、パレオロガス」と表記されていて、その注の説明に、「『のろま』や『間抜け』を嘲って言う江戸の俗語オタンチンを、東ローマ帝国最後の皇帝コンスタンチヌス十一世、コンスタンチン・パレオロガスConstantine Palaeologus（一四〇四－五三、在位一四四九－五三）に掛けた洒落」とある。漱石は、〈皇帝級に世間知らずで間抜けなやつ〉という意味に使って、鏡子をからかったのであろう。

注

（1）入籍の日については荒正人著・小田切秀雄監修『増補改訂漱石研究年表』集英社（一九八四年刊）によった。平岡敏夫他編『夏目漱石事典』勉誠出版（二〇〇〇年刊）では、六月七日入籍となっている。

（2）漱石の孫・半藤末利子の著書で『漱石の長襦袢』（「中根家の四姉妹」）（二〇〇九年、文藝春秋）による。「小学校しか出ていないんでしょ」と言う半藤末利子に、「鏡子への侮辱の匂いを嗅ぎとったのか」、筆子は「お祖母ちゃまは天皇陛下（昭和天皇）と同じお育ちなのよ」と言ったという。

（3）『漱石の長襦袢』「中根家の四姉妹」より。

（4）夏目伸六著『父・夏目漱石』（「母のこと」）文春文庫（一九九一年刊）

（5）七月二十八日付。この頃大塚保治はドイツ留学中であった。

俳人の錚々たる者

この頃漱石はさかんに俳句をつくり、それを毎月、東京の正岡子規に送っては添削をしてもらっていた。七月に四十句、八月に三十句、九月は四十句と、新婚三ヶ月間で百句を超えている。「子規さんあたりから活字本の七部集だとかいつた俳書を買つて貰つて、食事をする時にも傍に離さずおいて熟読してゐたことも」あった。そして鏡子にも俳句をつくることを勧めた。

熊本第五高等学校▶

◀漱石と鏡子が結婚式を挙げ新婚の３ヶ月を過ごした光琳寺町の家（野田宇太郎文学資料館蔵『漱石寫眞帖』より）

それから俳句をやって見ないかといふことになつて、十七字をならべてみました。が、どうならべてみても句らしい句になつた例《ためし》がありません。よく笑はれたりしていまいましく思つて居りますと、或る時、やはり俳句の本を読み乍《なが》ら転げかけて笑つて居ります。何が可笑《をか》しいのかと訊ねますと、この句が可笑しいのだと申して示した句が、

両方にひげがあるなり猫の恋

といふのです。此方《こつち》も一つけちをつけるつもりで、どうせ相手が猫なんですもの、両方にひげのあるのは当り前ぢやありませんか。ちつとも可笑しいことなんかないぢやないのといった具合で抗議をしますと、だからお前には俳句がわからないんだつて、たうとう愛想をつかされて了《しま》ひました。

（「四　新家庭」）

二年後のことになるが、五高の学生であった寺田寅彦が、落第しそうになった同級生の「所謂《いわゆる》『点を貰ふ』為の運動委員」として漱石宅を訪ねてきた。これが漱石と寺田寅彦の初めての出会いであった。寅彦は「了《かね》てから先生が俳人として有名なことを承知して」おり、「委員の使命を果したあとで」、「俳句とは一体どんなものですか」と質問した。すると漱石は、「俳句はレトリックの煎じ詰めたものである」、「扇のかなめのやうな集注点を指摘し描写して、それから放散する連想の世界を暗示するものである」、「花が散つて雪のやうだと云つたやうな常套な描写を月並といふ」、「秋風や白木の弓につる張らんと云つたやうな句は佳い句である(1)」などと述べたという。

漱石の俳句は子規を通して、子規が勤めていた新聞『日本』や森鷗外が主宰する『めざまし草』などに掲載されていた。子規自身は、「明治二十九年の俳句界(2)」の中で、漱石の俳句について例句を挙げながら次のように論評している。

漱石は明治二十八年始めて俳句を作る。始めて作る時より既に意匠に於て句法に於て特色を見《あら》せり。其《その》意匠極めて斬新なる者、奇想天外より来りし者多し。

永き日や韋陀《いだ》を講ずる博士あり　　漱石

此《この》土手で追ひ剝がれしか初櫻　　同

(他に例句十句、省略)

漱石亦《また》滑稽思想を有す。
長けれど何の糸瓜とさがりけり　漱石
狸化けぬ柳枯れぬと心得て　同
（他に例句二句、省略）
の如し。又漱石の句法に特色有り、或は漢語を用ゐ、或は俗語を用ゐ、或は奇なる言ひまはしを為す。
明月や丸きは僧の影法師　漱石
作らねど菊咲きにけり折りにけり　同
（他に例句二句、省略）
然《しか》れども漱石亦一方に偏する者に非ず。滑稽を以て唯一の趣向と為し、奇警人を驚かすを以て高しとするが如き者と日を同（じ）うして語るべきにあらず。其句雄健なるものは何処《どこ》迄も雄健に真面目なるものは何処迄も眞面目なり。
廻廊の柱の影や海の月　漱石
酒なくて詩なくて月の静かさよ　同
（他に例句十六句、省略）
（『子規全集』(3) 第四巻）
これらのことは、漱石の俳句が、後年虚子が提唱する「客観写生」「花鳥諷詠」の俳句とは趣を異にしながらも、当時の溌剌とした俳諧革新運動の一翼を担っていたことを示している。なお「明治三十年の俳句界（下）」[4]において、子規は、漱石を「俳人の錚々たる者」の一人に挙げている。

かたまるや散るや蛍の川の上
うき世いかに坊主となりて昼寐する
短夜《みじかよ》の芭蕉は伸びて仕まひけり
号砲や地城《じしろ》の上の雲の峰
玉章《たまずさ》や袖裏返す土用干

以上の五句は、結婚一ヶ月後の七月八日付子規宛句稿（四十句）の中で、子規が二重丸を付けた句である。ただし子規の総合評価は「少し振はぬやう存ぜられ候」となっている。次の三句は八月の句稿三十句の中で二重丸の評価を受けたもの。

眠らじな蚊帳に月のさす時は
紅白の蓮《はす》擂《すり》鉢《ばち》に開きけり
唐茄子と名にうたはれて窳《ゆが》みけり

しかし、これらの句から漱石の新婚生活をうかがい知ることはほとんどできない。七月の句稿に、

独居《ひとりい》の帰ればむつと鳴く蚊哉

というのがある。この句について『漱石俳句研究』[5]で、小宮豊隆は「先生が結婚前の事を思ひ返して作つたのではないかとも思ふ」と言い、寺田寅彦は「先生が帰つた時奥さんが一寸買物に出てゐなかつた時の心持とも想像される」言っている。いずれにしても漱石にとって俳句は、「扇のかなめのやうな集注点を指摘し描写して、それから放散する連想の世界を暗示するもの」であって、必ずしも実生活がその発想の起点となるものではなかった。十七文字の定型や季語の制約のもとでは、いかにレトリックを駆使したとしても、現実を掘り下げ現実と切り結ぶことは、元来、容易なことではないのであろう。漱石の俳句においても、彼の日常生活はうっすらとヴェールに覆われている。

注

（1）寺田寅彦筆「夏目漱石先生の追憶」による。初出は、一九三二（昭和七）年十二月『俳句講座』である。引用は平成版『漱石全集』別巻「漱石言行録」から。

（2）「明治二十九年の俳句界」は、新聞『日本』に一八九七（明治三十）年一月から三月上旬まで二十三回にわたって掲載された。漱石の句については三月七日（廿一）で論評されている。

（3）『子規全集』第四巻（「俳論俳話1」）講談社（一九七五年刊）
（4）「明治三十年の俳句界（下）」は、新聞『日本』に一八九八（明治三十一）年一月四日に掲載された。
（5）寺田寅彦・松根豊次郎・小宮豊隆共著『漱石俳句研究』岩波書店（一九二五年刊）

新婚旅行十句

五高は、七月十一日から二ヶ月間の夏期休業に入った。鏡子は里帰りをしたかったに違いない。漱石も東京に帰ってみたかったであろう。七月十六日、東京の狩野亨吉《こうきち》に宛てて「小生は上京致したく候へども都合により参りがたからんかと存候《ぞんじ》」と書いている。その「都合」が何かは不明であるが、結局この夏、二人は東京に帰らなかった。

その代わり漱石は、鏡子のために福岡への新婚旅行を計画した（新婚旅行が広まり始めるのは大正に入ってからで、明治時代は新婚旅行という言葉もなかった。漱石自身は「九州地方汽車旅行」といっているが、ここでは「新婚旅行」の語を使用する）。これは、当時福岡市に住んでいた鏡子の叔父・中根與吉への結婚報告を兼ねたもので、「お前なんかにかまつては居られない」と「宣告」した不器用な漱石の、鏡子への一大サービスであったろう。中根與吉は、「のべつにへらず口をたたいて、うまく人と調子を合はせて行くところなど」が『吾輩は猫である』の迷亭にそっくりで、漱石が鏡子の叔父たちの中で「一番親しくつきあつて」いた人物であった。

旅行の日程は、記録が残っておらず詳しいことは分からない。ただ、子規に送った九月の句稿四十句の中に、旅行中に作った前書き付きの句（十句）がある。

次がその十句。句頭の○や◎は子規が付けたものである（ちなみに「箱崎八幡」「香椎宮」「太宰府天神」「船後（小）屋温泉」の四句は、子規が「明治二十九年の俳句界」において、「雄健なるものは何処《どこ》迄も雄健に真面目なるものは何処迄も真面目な」句の例として挙げている）。

博多公園

○初秋の千本の松動きけり

箱崎八幡

◎鹹《しお》はゆき露にぬれたる鳥居哉

香椎宮

◎秋立つや千早古《ちはやふ》る世の杉ありて

天拝山

○見上げたる尾の上に秋の松高し

太宰府天神

◎反《そり》橋《はし》の小さく見ゆる芙蓉哉
観世音寺
古りけりな道風《とうふう》の額秋の風
都府楼
鴫《しぎ》立つや礎《いしずえ》残る事五十
二日市温泉
○温《ゆ》泉の町や踊ると見えてざんざめく
梅林寺
○碧巌を提唱す山内の夜ぞ長き
船後屋温泉
◎ひや〲と雲が来る也温《ゆ》泉の二階

これらの句がほぼ前書きの順序に従って作られたとすると、まず漱石夫妻は汽車で熊本から博多まで北上し、鏡子の叔父・中根與吉宅に宿泊した。おそらく朝寝坊の鏡子に配慮した漱石は、午前十時五十分池田駅（現上熊本駅）発の列車[1]に乗ることにしたと思われる。この列車が博多駅に到着するのは午後三時四十分であった（宿泊したはずの中根與吉宅の住所は不明）。鏡子は、結婚のために熊本に下る途中、この叔父の家に一泊していた。三ヶ月ぶりの家事からの解放と叔父との再会は、鏡子に、気ままに過ごした独身時代の明るい気分を、少しは甦らせたことであろう。與吉宅でくつろいだ後、二人は、二日市温泉、久留米市、船小屋温泉で宿を取りながら、吟行を兼ねた寺社巡りをした。ただ、八句目の前書きにある梅林寺（久留米市京町にある臨済宗の寺）には観光目的で訪ねたのではなかった。漱石は——推測であるが——久留米に帰省中の菅虎雄に会い、彼と共に梅林寺を訪問して禅に関する法話を聞いたり、その時梅林寺に滞在していた修行者・伊底居士に蔵書印の篆刻を依頼したりした。その「漾虚碧堂《ようきよへきどう》」という蔵書印は十一月に完成し、漱石は子規に「頗《すこぶ》る雅に出来致《しゅつたいいたし》候　一寸《ちょつと》御覧に入れ度《たし》と存候」（十一月十五日付書簡）と自慢している。

　この新婚旅行は、中根與吉宅に二泊したとして、（漱石は九月七日に婚姻届を出しているので）九月一日に熊本市を出て六日に帰着した、五泊六日の旅であったと思われる。

　九月三日朝、漱石と鏡子は人力車を連ねて中根與吉宅を出た。当日の天気[2]は曇りで一時雨も降ったが、むしろ残暑が和らぎ、より快適なドライブができたかもしれない。博多地区には寺が多く、栄西が建立した日本最古の禅寺・聖福寺や仙厓和尚が隠棲した幻住庵《げんじゅあん》などが残っている。しかし二人は市内の寺院を素通りして、筑紫郡千代村（千代村が福岡市に編入されたのは昭和三年にあった博多公園（東公園のこと）を経由して、筥崎宮（糟屋郡箱崎町）、香椎宮（糟屋郡香椎村）へと向かった。漱石がこのコースを選んだのは、もちろん気まぐれではなかった。当時の日本社会全体を覆っていた、ある濃密な空気が漱石をとらえ、筥崎宮や香椎宮へ足を向かわせたのであろう。鏡子も、栄西や聖福寺のことは知らなかったにしても、筥崎宮と香椎宮に関しては一定の知識と関心を持っていたはずである。二人は時代の子でもあった。

二人の結婚は、日清戦争終結の翌年のことであった。一八九五（明治二十八）年の春、戦争に勝利した日本は熱狂の渦に包まれた。だが、日本政府が露独仏によるいわゆる三国干渉に屈し、戦争で獲得した遼東半島の全面放棄を受け入れると、世論は憤激し、新聞はこぞって政府の「屈辱外交」を批判した。「臥薪嘗胆」が流行語となり、三国干渉を主導したロシアへの憎悪が煽られていった。民友社を拠点として平民主義の論陣を張っていた徳富蘇峰は、三国干渉を契機に、帝国主義的なアジア侵略の強力な擁護者に変身する。オピニオンリーダー・福沢諭吉は、すでに、日清戦争を「文明開化の進歩を謀るものと其進歩を妨げんとするものとの戦」（『時事新報』一八九四年七月二十九日）であると位置づけ、積極的に支持していた。一八九六（明治二十九）年度の政府予算案は軍事関連費で膨れあがり、戦前の二倍に達した。日清戦争直後の日本はナショナリズムの高揚の中にあったのだった。

巷では日清戦争を題材にした錦絵が流行し、川上音二郎の戦争劇「壮絶快絶日清戦争」などが評判を取った。また、「敵は幾万」「勇敢なる水兵」「婦人従軍歌」「雪の進軍」などの軍歌がさかんに歌われた。

その軍歌の一つに「元寇」という曲がある。『日本の唱歌（下）』[3]によると、「日清戦争の時、士気の鼓舞のために盛んに歌われた歌。題材は、弘安四（一二八一）年に九州北部に来寇した元軍を日本がよく防ぎ、いわゆる神風の加護のもとにこれを撃滅した事を歌った作品」である。当時、東公園内に元寇記念碑を建設しようという運動が推し進められていたが、この軍歌はそれとタイアップして作られた曲でもあった。紆余曲折を経て記念碑建設が実現し、東公園で亀山上皇像の除幕式が挙行されたのは、日露戦争中の一九〇四（明治三十七）年十二月二十四日であった。

1910年代の筥崎宮「一の鳥居」（福岡県立図書館所蔵の絵葉書より）

軍歌「元寇」の歌詞（三番）には、

こころ筑紫の海に　浪おし分けて往く
ますら猛夫《たけお》の身　仇を討ち還らずば
死して護国の鬼と　誓いし箱崎の
神ぞ知ろし召す　大和魂いさぎよし

とある。こうして臥薪嘗胆を合言葉にしたナショナリズムの奔流は、日本国民の中にアジア侵略を肯定する心理的素地を形成していった。「神風の聖地」とでもいうべき筥崎宮は、その動きと相互に補完し合う形で知名度高めていく。香椎宮についても同じことがいえる。香椎宮は、神功皇后の「三韓征伐」という神話的伝承の拠点的神社であり、天皇の神格化と日本人の大国意識の醸成に寄与していった。

筥崎・香椎宮参拝の翌日、漱石は太宰府一帯を回り、天拝山、太宰府天満宮、観世音寺、都府楼跡で句を詠んでいる。この吟行コースは、子規を始めとした東京の俳人たちにも、違和感なく受け入れられたであろう。天拝山は太宰府天満宮の祭神・菅原道真の伝承と結びついた山であるが、その道真は「恩賜の御衣」を「捧持して毎日余香を拝（した）」（『大鏡』上「左大臣時平」）忠臣として、あるいは学問の神様として有名であった。また、遣唐使の廃止を提言し、日本の外交戦略に大きな影響を与えた政治家でもある。

道真が「観音寺はただ鐘の声を聴く」（同右）と詠じた観（世）音寺は、七世紀後半の朝鮮出兵を主導した天智天皇（中大兄皇子）が発願した寺院であった。「わづかに瓦の色を看（た）」（同右）という都府楼（太宰府政庁）は、かつて九州の行政全般を司り、大陸との外交・軍事の任に当たった「遠《とお》の朝廷《みかど》」として知られていた。

こう見てくると、東公園から都府楼までの七句には、その背後に、あるテーマが隠されているのではないかと思われてくる。それは「大陸（朝鮮半島及び中国大陸）と日本」とでもいうべきもので、当時多くの日本人の意識の中に浸透しつつあったテーマでもあった。「大陸」は、日本が「発展」していくための根拠地として〈必要なもの〉、と人々に意識され始めていた。また、天皇を政治的・精神的支柱とした国民国家日本の優越性が、日本人の中に徐々に、しかし確実に刷り込まれつつあった。漱石は、おそらく時代の動きと歩調を合わせる形でコースを選び、句を詠んだのであろう。

漱石のコース選択はなかなかタイムリーであったが、時代に迎合するものではなかった。漱石は、「大陸と日本」を句の遠景に配置することで、激動する社会的現実から焦点をずらし、自己と現実との間に緩衝地帯を確保をしているように見える。それが、熊本時代の漱石の社会に対するスタンスであったのだろう。たぶん漱石は、これらの句を詠むことで、さまざまな政治的・軍事的・経済的利害の絡み合いをいったん濾過し、〈俳人の目〉で現実を見つめ直す(あるいは自己を韜晦する)――そういう世界に自足しようと努めていた、と思われる。

注

(1)新婚旅行中の列車の発着時刻は、復刻版『懐しの時刻表』中央社(一九七二年刊)の「全国汽車発着時刻及乗車賃金表」(明治二十九年九月三十日　官報三九七八号付録)による。この「時刻及乗車賃金表」への改正は、一八九六年九月一日、ちょうど新婚旅行出発の日である。

(2)当時の気象については、『福岡気象弐拾五年報　自明治二十四年至大正四年』福岡県福岡一等測候所調査(一九一七年刊)等により推定した。同書によると一八九六(明治二十九)年九月三日、福岡市では四・五ミリの雨が降った。

(3)金田一春彦・安西愛子編『日本の唱歌(下)』(「学生歌・軍歌・宗教歌篇」)講談社文庫(一九八二年刊)

ありがたきは王妃の殺害

話がやや逸れることになるが、日清戦争中子規は、「敵死して案山子の笠の血しほかな」、「凱歌一曲馬嘶《いなな》いて秋高し」、「月千里馬上に小手をかざしけり」など、戦争を題材とした句を詠んでいた。漱石も、「一死報君恩といふ意を〔一句〕　桜ちる南八男児《なんぱちだんじ》死せんのみ」（一八九五年十月末子規宛句稿）と詠んだり、「小生近頃の出来事の内尤《もつと》もありがたきは王妃の殺害」(1)（同年十一月十三日付子規宛書簡）と物騒なことを書いたりしている。「王妃の殺害」とは、朝鮮国王高宗の妃・閔妃《みんび》が「日清戦争の後、ロシアと結び日本排斥を図っていると見なされ、日本公使三浦梧楼の陰謀により、一八九五年十月八日、日本守備隊および日本人壮士に虐殺された」（『広辞苑』第六版）という事件のことである。当時事件の真相は明らかにされなかったが、新聞では「事件に日本人壮士——アメリカ人が目撃」（十月十五日「東京日日新聞」）などと、日本人が関与している事実については報道されていた。漱石は、その日本人の〈関与〉もあった一国の王妃の殺害を、「ありがたき」と手放しで喜んだのだ。もし、漱石が人間の死を軽んじ弄んでいるのだとしたら、尋常ではない。

日清戦争が始まった頃、漱石は精神的危機の真っ只中にあった。それは、『漱石の思ひ出』における「あたまの病気」——「精神病学の呉さん」（呉《くれ》秀三東大教授）が「追跡狂といふ精神病の一種だらう」と診断を下したという状態――と重なっていた。実際、漱石が奇矯な言動によって家族や友人を驚かせたことは確かであったようだ。

漱石自身も自分が人生の危機にあることを自覚していた。子規に向かって「理性と感情の戦争 益《ますます》劇しく恰《あたか》も虚空につるし上げられたる人間の如くにて 天上に登るか奈落に沈むか運命の定まるまでは安心立命無覚束《おぼつかなく》候」（一八九四年九月四日付書簡）と訴え、「頸頭の鉄鎖を断ずるの斧」が無いのを嘆いている。

しかし漱石の苦悩、「理性と感情の戦争」の内実がどのようなものだったのか、それを知ることはできない。狩野亨吉は、談話「漱石と自分」の中で、その頃の漱石の言動に「菅君（菅虎雄。引用者注）を驚かすやうなことがあつたのだが、それは菅君が一番詳しく知つてゐる[2]」と述べているが、菅虎雄はその詳細を明らかにすることを拒んだ（『増補改訂漱石研究年表』等）。

幸か不幸か、「驚かすやうなこと」をめぐる漱石のプライバシーは、漱石の死後に至るまで、菅を始めとする友人たちによって固くガードされたのだった。そのためにかえって、青年時代の漱石についてはさまざまな推測や憶測を生むことになった。女性問題に限ってみても、失恋説、三角

悩み多き大学院時代の漱石（前列右）
（野田宇太郎文学資料館蔵『漱石寫眞帖』より）

関係説、不倫説とあり、相手の女性についても何人もの候補者があって、まさに百家争鳴の感がある。

一八九五（明治二十八）年の春になると日清戦争は終結に向かっていった。漱石の心は、それと共に徐々に落ち着きを取り戻してくる。彼はこの年の四月、東京高等師範学校の教職を辞して、愛媛県尋常中学校に赴任した。この松山行き自体もまた、十分人々を「驚かすやうなこと」ではあったが、それが精神的危機から脱出する契機となったようだ。精神のバランスを取り戻しつつあった漱石の関心は、沸騰するナショナリズムの渦中にあった日本の現実にも向けられたであろう。そこへ従軍記者の任を終えた子規が帰郷し、漱石の下宿に転がり込む。子規は大連から帰国する船中で喀血し、神戸の病院を退院したばかりであった。結核患者との同居は嫌がられたものだが、漱石は子規を喜んで受け入れた。

子規は、俳諧革新運動の旗頭であると同時に、対外強硬論の論陣を張っていた『日本新聞社』の社員でもあった。子規との同居生活（八月末から十月中旬まで）の中で、漱石は子規の指導を受けながら本格的に俳句を作り始めるのだが、漱石が影響を受けたのは俳句に関してだけではなかった。

征清ノ軍起リ天下震駭シ旅順威海衛ノ戦捷ハ神州ヲシテ世界ノ最強国タラシメタリ　兵士克《よ》ク勇ニ民庶克ク順ニ以テ此《ここ》ニ国光ヲ発揚ス　而シテ戦捷ノ及ブ所徒《ただ》ニ兵勢益《ますます》振ヒ愛国

心愈《いよいよ》固キノミナラズ　殖産富ミ工業起リ学問進ミ美術新ナラントス　吾人文学ニ志ス者亦之《またこれ》ニ適応シ之ヲ発達スルノ準備ナカルベケンヤ(3)

これは、子規が日清戦争従軍にあたり、河東碧梧桐と高浜虚子に向けて書いた書簡（一八九五年二月二十五日付）の一節である。子規は日本軍の連戦連勝に熱狂し、ナショナリズムの波濤に大きく呑み込まれていた。中学時代政治演説に熱中したことのある子規は、もともと政談好きであったから、二ヶ月近くの同居中漱石に政治的な議論を吹っかけたこともあったであろう。二人は、朝鮮半島・満州を焦点とした国際情勢や、その中における日本が取るべき方向等についても議論したのではないかと思われる。子規の性格からしても、そういうことが話題にならなかったと考える方が不自然である。

漱石はもちろん、個人の利害と国家の利害とは原理的に対立するという立場には立たなかった。漱石にとって個人主義と国家主義は矛盾するものではなかったのだ。しかも日清戦争は、後に非戦論を展開する内村鑑三でさえ「義戦」としてとらえ支持したように、一般に日本国家の正義の戦いと考えられていた。いまだ〈自己本位の立場〉を獲得していなかった当時の漱石には、うわずったナショナリズムに対抗する理論の持ち合わせがなかった。さらに漱石には、周囲の者の反対を押し切り、病身の身で従軍記者を志願した子規に対する負い目があった。

その負い目とは、三年前（漱石二十五歳の時）、徴兵逃れのために本籍を北海道に移したこ(4)

とである（当時北海道、沖縄、小笠原諸島に本籍を持つ者は徴兵を免除された）。徴兵忌避は、若い日本軍兵士たちの死という戦争の現実の前では、利己的で卑怯な裏切り行為と映る。漱石は利己的であることを最も嫌う人間であった。日清戦争や三国干渉が話題になる時、漱石は守勢に回らざるをえなかったし、意気軒昂たる子規に対して心理的に萎縮せざるをえなかったであろう。

漱石が「桜ちる南八男児《なんぱちだんじ》死せんのみ」（『漱石・子規往復書簡集』の注によると、「南八男児」とは「南八男児《なんぱちだんじ》終《ついに》不屈」の略で、唐の故事によるもの）と詠んだのは、子規が漱石のもとを去った直後であり、「尤もありがたきは王妃の殺害」と書いたのは、その一ヶ月ほど後であった。このような一見漱石らしくない考え方が出てきたのは、子規と生活を共にするうち、漱石がナショナリズムの方向に大きく傾斜していったことによるものだろう。漱石には負い目（徴兵忌避）の反動として戦争に対する気負いがあったろうし、周囲の者の心をつかむカリスマ性を持っていた子規の影響を、より受けやすい精神状態にあった。

しかし殺人を「ありがたき」と喜ぶ心理には、「ナショナリズムへの傾斜」というだけでは説明しきれないものがある。別の角度から検討する必要があるだろう。

前に引用した狩野亨吉の談話の中に、漱石は大学卒業後法蔵院という寺に下宿していたが、そこに出入りする尼さんを、漱石が「恐れて気に入らぬ」ので、菅虎雄が自分の下宿に漱石を「引ぱつて」行って同居させた、ということが語られている。その後「菅君を驚かすやうなこと」が起こるのであるが、鏡子の『漱石の思ひ出』には、同じ時期のことがかなり詳しく書かれている。
それによると、トラホームに罹って眼科に通院していた漱石は、その病院で出会った女性に一目惚れをした。「背のすらつとした細面の美しい女《ひと》」であった。漱石は「さういふ風の女が好きだとはいつも口癖に」言っていたという。

ところがその女の母といふのが芸者上がりの性悪の見栄坊で、――どうしてそれがわかつたのか、そのところは私にはわかりませんが――始終お寺の尼さんなどを廻し者に使つて一挙一動をさぐらせた上で、娘をやるのはいゝが、そんなに欲しいんなら、頭を下げて貰ひに来るがいゝ、といふ風に言はせます。そこで夏目も、俺も男だ、さうのしかかつて来るのなら、此方《こっち》も意地づくで頭を下げて迄呉《く》れとは言はぬといつた按排で、それで一ト思ひに東京がいやになつて松山へ行く気になつたのだとも言はれて居ります。（中略）松山へ行つてもまだその母親が執念深く廻し者をやつて、あとを追つかけさしたと自分では信じてゐたやうです。（「一　松山行」）

漱石は生涯を通して、陰に回って小細工を弄する（と思い込んだ）人間、とりわけ女性を極度に嫌悪し、時には激しい憎悪を露わにした。やはり「あたまの病気」が出たイギリス留学後の数年は、その憎悪が鏡子に向けられ、別居騒動を引き起こすほどであった。

小細工を弄したり策略をめぐらしたりする者を、漱石は軽蔑をこめて「探偵」と呼んだが、そういう「探偵」的な人間は、「お寺の尼さん」や「芸者上がりの性悪」女だけではなかったようだ。松山から狩野亨吉に書き送った手紙で、「東京にてあまり御利口連にツヽ突かれたる為め」に「馬鹿に相成《あいなり》候」とふざけた後に、「当地にても裏面より故意に疳癪を起さする様な御利口連あらば一挺の短銃を懐ろにして帰郷する決心」(一八九五年五月十日付)である、と力んでいる。

だが、松山から「一挺の短銃を懐ろにして」東京に帰る必要は生じなかった。漱石は松山で一年、熊本で四年三ヶ月、ロンドンで二年余を過ごし、再び東京に居を定めたのは、八年後の一九〇三(明治三十六)年であった。残念なことに、東京には相変わらず「探偵」的な人間がいて、漱石を苦しめ憤慨させた。その怒りは、鏡子や長女・筆子に向かって爆発することもあったが、同時に、漱石の作家的才能の開化を促した。一九〇五(明治三十八)年一月、『吾輩は猫である』の誕生である。漱石の類い希な創造力は噴出を続け、怒りは作品の中に昇華されていった。

それでも「探偵」的人間に対する憤懣は、完全に消え去ることはなかった。『吾輩は猫である』の第一回分を書いた一年後になっても、漱石は書簡の中でこんなことをいっている。「死んでいゝ奴は千駄木(当時漱石は千駄木に住んでいた。引用者注)にゴロ〳〵して居るのに思ふ様にならんな[5]」、「左右前後に居るもうろくども一切気に喰はず朝から晩迄喧嘩なり[6]」、「千駄木のワイワイ共に大きな石をつけて太田の池へ沈める工夫なぞを考へる[7]」等である。このように、松山時代から十年以上経っても、漱石の「探偵」嫌悪は治まらなかった。

　松山での生活は一年間だけだったが、その後半漱石は句作に没頭した。小宮豊隆は「漱石には俳句という、自分自身を表現する、一つの新しい道が開かれ、切迫した漱石の内面には、それによって、ある寛《くつ》ろぎが与えられ[8]（た）」と述べている。「寛《くつ》ろぎ」を得た漱石は、送られてきた鏡子の写真を気に入り、俳句仲間に「写真結婚だ」などと軽口をたたいたりすることができるようになった[9]。

　だが、東京で「探偵」的人間から受けた漱石のトラウマは、癒えることがなかった。「松山へ行つてもまだ」例の性悪女が、「執念深く廻し者をやつて、あとを追つかけさしたと自分では信じてゐた」からである。また「当地にても裏面より故意に疳癪を起さする御利口連あらば――」と警戒を怠らなかった。その傷跡は、「千駄木のワイワイ共」に対してのみならず、苦沙弥先生の「尼さん」嫌いや「探偵」嫌いにまで尾を引いている。

　殺害された朝鮮王妃・閔妃は、漱石にとって、「お寺の尼さん」や東京の「御利口連」などと同類の「探偵」的存在にほかならなかった。ロシアの廻し者として暗躍し、朝鮮の独立と近代化を支援する日本を排斥しようと画策した女、漱石はそう信じたのであろう。閔妃は漱石の「探偵」嫌いの感情を強く刺激したが、閔妃の死に対して漱石の良心が痛むことはなかった。

なぜなら、閔妃は、大院君が起こした武装クーデターの混乱の中で、偶発的に殺害された――これが、（一部日本人の関与を認めるものの）新聞が報道した閔妃虐殺事件の基本構図であったし、平均的日本国民の認識だったからである。事件にかかわった日本人を「厳重に取調べ、官民を問はず、明白に処分して、日本国民の真意を世界に表白せん」（福沢諭吉「時事新報」社説）と主張する者はあったが、当時、王妃の死に良心の呵責を感じる日本人は、ほとんどいなかったであろう。

東京で病的にまでふくらんだ「探偵」嫌いの名残が、漱石をして「小生近頃の出来事の内尤もありがたきは王妃の殺害」といわしめたのではないか。それにしても過激な発言ではある。この文面を読んだ時、「桜ちる南八男児《なんぱちだんじ》死せんのみ」の句に◎の評を与えた子規も、さすがに驚いたにちがいない。

注

（1）より正確に引用すると、「小生近頃の出来事の内尤もありがたきは王妃の殺害と浜茂の拘引に御座候」となっている。「浜茂の拘引」とは、平成版『漱石全集』によると、日本鋳鉄会社の社長・浜野茂らが、汚職事件で拘引されたことをいう。

（2）平成版『漱石全集』の別巻「漱石言行録」による。初出は一九三五年十二月十二日「東京朝日新聞」。

（3）末延芳晴著『正岡子規、従軍す』平凡社（二〇一一年刊）の「第十一章　失われた共同性を求めて」（「日清戦後の新文学の発展に備えて」）からの孫引き。

（4）夏目鏡子述・松岡譲筆録『漱石の思ひ出』岩波書店（一九二九年刊）の巻末にある、漱石年譜の明治二十五年の項に、「四月分家し、徴兵の関係に因り北海道後志国岩内郡吹上町十七番地に送籍、北海道平民となる」とある。再び転籍し「東京府平民にかへる」のは、二十一年後の一九一三（大正二）年、漱石四十六歳の時（死の三年前）である。
（5）一九〇五（明治三十八）年十二月六日付野間真綱宛書簡による。
（6）一九〇六（明治三十九）年八月六日付森田草平宛書簡による。
（7）一九〇六（明治三十九）年十一月十八日付加計正文宛書簡による。
（8）小宮豊隆著『夏目漱石』の「二五　松山」による。
（9）柳原極堂筆「写真結婚だ」による。平成版『漱石全集』別巻「漱石言行録」からの引用。初出は雑誌『渋柿』（一九一七年刊）。

太宰府天神の芙蓉

漱石夫妻が訪れた一八九六（明治二十九）年当時、福岡市は、まだ人口六万二千余の小さな街であった。福岡・熊本間が汽車で結ばれたのが五年前の一八九一（明治二十四）年で、医大（九大）前―西公園間、呉服町―博多駅間を路面電車が走り始めるのは十四年後のことであった。市民の足はもっぱら人力車か乗合馬車であった。

『明治博多往来図会　祝部至善《ほおりしぜん》画文集』[1]には次のような記述がある。「若い人は女も男もあまり（人力車に）乗らなかった。金銭上のためでなく、習慣上の礼儀とでも云うのであったろう。車に乗る女の人と云えばそれは必ず芸妓級の人であった。そして雛妓の乗る車はやや大形に作られて其の多くは二人乗りであったが、特有のもので市内に一、二輌見受けていた。昔の絵草子にあるように相乗り車に帆呂かけと云うのも、車体の背後に漆絵の描かれたのも、ついに見かけなかった」。

九月三日朝、良家の若奥様風の鏡子と背広をきちんと着こなした澄まし顔の漱石が、人力車を連ねて博多の街を通る様子は、きっと人目を引いたであろう。しかし石堂橋を渡り、箱崎道（旧唐津街道）から逸れて博多公園（東公園）の方へしばらく行くと、人家は急に少なくなる。

博多公園
初秋の千本の松動きけり

東公園から筥崎宮にかけては、大正始めまで千代の松原、箱崎松原と呼ばれた松林が広がっていた。また、この一帯は文永の役の古戦場でもあり、その時、筥崎宮は蒙古軍によって焼き払われている。漱石と鏡子は、その広大な松林の中を通った。とくに東公園の回りは人家もほとんどなく、見渡す限りの松原である[2]。

海を超え、時代を超えて吹いてくる秋風、動きざわめく「千本の松」、一瞬時間が止まったかのような不思議な感覚。

箱崎八幡

鹹《しお》はゆき露にぬれたる鳥居哉

筥崎宮は、応神天皇・神功皇后・玉依姫を祭神とする旧官幣大社である。一の鳥居の前に立って楼門を仰ぐと、「敵国降伏」の額が海の彼方を睨んでいる。この楼門は一五九四（文禄三）年小早川隆景が再建したものであり、一の鳥居は黒田長政が一六〇九（慶長十四）年に寄進したものである。共に国の重要文化財に指定されている。

筥崎宮は海辺に建てられた神社であった。昭和初期に国道三号線が開通し埋立が進むまでは、一の鳥居の数百メートル先は砂浜であった。一の鳥居から海へ向かって参道（汐井道）を歩くと、絵に描いたような白砂青松の風景を楽しむことができた。

千代の松原（現東公園）
（福岡県立図書館所蔵の絵葉書より）

古くは「白砂三十里、松樹林をなす」（『筑前名所図会』[3]）ともいわれた博多湾の松原が広がる。漱石と鏡子も松林に囲まれた参道を

筥崎宮の汐井道（参道）（福岡県立図書館所蔵の絵葉書より）

歩いたであろう。先ほどまで、潮の香を含んだ雨が楼門や鳥居に降り注いでいた。雨に濡れた大鳥居の地肌はつややかで、いかつい外観に似ず柔らかく優しささえ感じさせる。「敵国降伏」とは何と野暮なことか。

箱崎の浜辺を散策した漱石夫妻は、上り列車を利用して香椎に向かった。箱崎駅発の午前の列車は三本しかなかったが、人力車で田舎のデコボコ道を四十分も揺られて行くのに比べたら、格段に楽である。しかも箱崎駅から香椎駅まで十分で行くことができた。

香椎宮
秋立つや千早《ちはやふ》古る世の杉ありて

JR香椎駅のすぐ前には旧唐津街道が通っている。維新前には、街道沿いに箱崎宿と青柳宿（古賀市）を中継する小さな宿場町があった。宿場の西側は遠浅の海で、大伴旅人が「いざ子ども　香椎の潟に　白たへの　袖さへ濡れて　朝菜摘みてむ」（『万葉集』巻第六）と歌った、いわゆる香椎潟である。明治になっても駅前には人家が密集していたが、踏切を渡って香椎宮の参道にはいると、左右に水田が続く田舎道で、人家は全くなかった。その水田を取り囲むように、雑木林に覆われた小高い丘が点在するだけである。現在の参道は楠の巨木の並木が続くが、これは一九二四（大正十三）年勅使参向を記念して植樹されたものである。

香椎宮は十六世紀末、九州制覇を狙って北上して来た島津軍によって焼き尽くされた。その後黒田藩などの手で再建されたが、神領が千数百町歩もあった昔日の繁栄は回復することがなかった。『続風土記付録』には、江戸時代後期（天明期）のこととして「香椎の大祭に詣で来る人はまれなり」と記録されているという。[4]筥崎宮は、祇園山笠や放生会などの祭を通して土地の人々と結びついていたが、香椎宮にはそういうものがなかった。香椎宮は地域の人々にも忘れ去られていたのかもしれない。

香椎宮の神木「綾杉」（福岡県立図書館所蔵の絵葉書より）

この日の福岡市の最高気温は三十度近くまで上がった。しかし、香椎宮の境内は人影もなく、ひっそりとして微かに秋の気配がする。静寂。神代から伝わるという綾杉とその伝承は、歴史の荒波に飲まれそうになりながらも生き延びてきた。これから先もずっと生き続けていくのであろうか。「千早古る世の杉」とは「綾杉」と呼ばれる香椎宮の神木である。『筑前名所図会』に「神后三韓を責従《せめしたが》へさせ給ひ、其《その》年の十二月に御帰朝あり、其時もたせ給へる兵器を埋め給ひし徴《しるし》に、御手つから指《ささ》せ給ひし杉の枝生茂り、其葉綾をなして今にあり、即《すなはち》神木の綾杉なり」とある。

天拝山の一本松（筑紫野市歴史博物館提供）

香椎宮の参拝を終えた漱石夫婦は、香椎駅から下り列車で二日市駅に移動し、二日市温泉（当時は武蔵《むさし》温泉と呼ばれていた）に宿を取った。香椎駅・二日市駅間の所要時間は一時間弱であった。七年前博多・久留米間の鉄道が開通した時、博多っ子は「日帰りでゆっくり宰府《さいふ》参りができる[5]」と汽車のスピードに驚いたという。

天拝山

見上げたる尾の上に秋の松高し

天拝山は二日市温泉から間近に見えた。標高二五八メートルの低い山だが、菅原道真が山頂で天に無実を訴えたという伝承で知られている。山頂には、「天拝の松」と呼ばれた松の大木が聳えていた。一九三〇（昭和五）年の台風で倒れてしまうまでは、遠く博多湾に入港する船が目印にしたとさえいわれている。写真（筑紫野市歴史博物館所蔵）に残っている「天拝の松」は、堂々たる一本松である。テコでも動かぬと言わんばかりに、足を踏ん張り背筋を伸ばしている。

漱石は「菫程な小さき人に生まれたし」（一八九七年二月子規宛句稿）と詠んで、路傍にひっそりと咲く菫の生き方に共感を示したが、俗悪な社会を超越し、睥睨するかのような「天拝の松」的な存在へのあこがれをも持っていた。

次は漱石の七言律詩（一八九五年五月二十六日付子規宛書簡）の一節。書き下し文と大意は、和田茂樹編『漱石・子規往復書簡集』の注による。

才子群中只守拙　才子群中只だ拙を守り（軽薄才子の群れの中でも独り付和雷同せず、）
小人囲裏独持頑　小人囲裏独り頑を持す（小人物に囲まれた状況でも我を貫き通す。）
寸心空托一杯酒　寸心空しく托す一杯酒（やるせない思いを一杯の酒に託せば、）
剣気如霜照酔顔　剣気霜の如く酔顔を照らす（寒々と光る剣に酔った顔が映る。）

秋空に屹立する「天拝の松」よ、私もお前のように、堂々と「拙を守り」「頑を持して」この世を生きていこうと思う。「やるせない思いを一杯の酒に託」し憂さを晴らすようなことは、もうやめることにしよう。

この句は、漱石が「道真の生涯に自分の生涯を重ね合わせ、深い感慨にふけって」いる「重い句ともとれる」(『漱石熊本百句』(6))であろう。ただ、漱石が道真に重ね合わせた感慨は、都落ちの悲哀などではなく、死後雷神となって暴れ回り、京の貴族たちを恐怖に陥れた道真の執念や気迫にある——とするのは、漱石を俗物化することになるだろうか。

太宰府天神
反《そり》橋《はし》の小さく見ゆる芙蓉哉

江戸時代、太宰府天満宮は道真を祭った神仏習合の霊廟であった。域内の各宿坊はそれぞれ信徒を受け持ち講を組織して、参拝者の世話をした。庶民の寺社参りには物見遊山的要素が強かったから、太宰府天満宮は、明治以前からすでに観光名所であったといえる。

漱石と鏡子が参詣した明治の後半になると、参道の入り口には客待ちの人力車が停まっており、参道に沿って土産屋・茶店・旅館などが軒をつらねていた。天満宮は、格としては官幣中社であったが、官幣大社の筥崎宮・香椎宮が持たない大規模な門前町を従えていた。鏡子の気分も華やいだことであろう。

境内に入ると「心」の文字をかたどった心字池がある。池には平橋を中に挟んだ二本の反橋(太鼓橋)が架かっていて、普通参拝者はその橋を渡って本殿へ向かう。しかし、漱石と鏡子は、池のほとりを迂回しながらゆっくり本殿へ向かった。朱色の反橋が、池のみどり、木々のみどりに照り映えてあざやかである。漱石は立ち止まって境内を見渡す。池の端の白い花に目が留まる。芙蓉の花が満開である。夫が追いついてこないので、鏡子は「どうしたの？」というように振り返る。あでやかで可憐、つややかで清楚な芙蓉の花。反橋が遠くに霞んでしまう。

芙蓉は古来中国では美人の形容として使われる。「芙蓉の顔《かんばせ》」といえば「芙蓉の花のような美しい顔立ち」（『広辞苑』）をいう。心字池のほとりに咲く芙蓉は、反橋を小さく見せるほど漱石を引きつけた。『漱石熊本百句』は「芙蓉は鏡子夫人かもしれない。新婦だからこそ純白なのである。幸福感とやさしさがそこはかと伝わってくる」と述べている。

芙蓉は鏡子をイメージしたものだろうか。

太宰府天満宮の反橋（福岡県立図書館所蔵の絵葉書より）

観世音寺

古りけりな道《とう》風《ふう》の額秋の風

天満宮から観世音寺までは約二キロ、人力車に乗れば十分で行けた。田園風景の中にぽつんと古い寺院が建っている。観世音寺である。

観世音寺が完成したのは七四六（奈良時代中期）のことで、落成まで八十余年の歳月を要したという。「当時は寺内に四十九の別院を有

観世音寺の金堂（福岡県立図書館所蔵の絵葉書より）

し、境内広く、堂塔壮観、西国第一の巨刹(7)」であったが、一〇六四年の火災で諸堂が灰燼に帰した。再建はされたものの創建時の面影は全くなく、今は、国宝の銅鐘や宝蔵に展示されている仏像などで、わずかに往時を偲ぶことができるばかりである。

「道風の額」は「伝小野道風筆」として宝蔵に展示されている。『筑前名所図会』に「小野道風扁額　観世音寺と書す、むかし大門の前に木華表《きのとりい》ありけるに掲たる額なり、今模寫して本堂に掲く」とあるように、以前から道風の真筆ではないことは知られていた。だが、一般には「道風の額」として伝わったのであろう。漱石も道風の真筆と信じた。

三蹟の一人・道風が精魂を込めて書いた「観世音寺」の文字も、墨跡が薄れ、判読が困難になろうとしている。何時かは朽ち果てるであろう。どんなに偉大な芸術家の精神も、その作品も、永遠ということはない。諸行無常。秋の風が吹いている。

都府楼
鴫《しぎ》立つや礎《いしずえ》残る事五十

漱石夫妻が訪れた頃の都府楼跡の絵図（「大日本名所図録』より、福岡県立図書館所蔵）

観世音寺前の県道を西へ五百メートルほど行くと都府楼跡に着く。「太宰府址碑」（一八八〇年作）、「都府楼古趾」（一八七一年作）の二本の石碑が立っていた。現在は「太宰府碑」（亀井南冥撰文）という碑もあるが、これは一九一四（大正三）年に建てられたものである。石碑がなかったら、地元の人以外は（ひょっとすると地元の人も）そこが都府楼の正殿跡ということに気づかなかったであろう。石碑の周囲は稲穂が揺れる水田であった。「太宰府址碑」には「里民、或は墾して畦畝と為し、残礎多く埋没す」（原文は漢文）と書かれている。かつて二百を超える礎石が数えられたが、その多くが耕作に支障があるということで、あるいは建築資材に転用する目的で持ち去られてしまった。都府楼跡が国の史跡に指定されたのは一九二一（大正十）年、特別史跡に指定されたのが一九五三（昭和二十八）年であった。本格的な発掘調査と整備・保存が始まるのは一九六八（昭和四十三）年以降である。

心なき身にもあはれは知られけり鴫立つ沢の秋の夕
（西行法師）

広がる水田。水田に包囲されるようにして、正殿跡に礎石が無造作に散らばっている。田んぼから鳴が飛び立つ。私もまた「心なき身」である。ここは夕暮れの沢ではないが、「あはれ」が感じられないわけではない。

注

（1）西日本文化協会祝部至善画文集刊行委員会編『明治博多往来図絵　祝部至善画文集』石風社（二〇〇三年刊）

（2）新婚旅行コースの自然や地形についいは、『二万分一地形図福岡近傍』大日本帝國陸地測量部（一九〇一年刊）、『角川地名大辞典』（「40　福岡県」）角川書店（一九八八年刊）、井上精三著『博多郷土史事典』葦書房（一九八七年刊）などを参考にした。

（3）奥村玉蘭著、田坂大蔵・春日古文書を読む会校訂『筑前名所図絵』文献出版（一九八五年刊）

（4）『角川地名大辞典』（「40　福岡県」）の「香椎」の項による。

（5）福岡市博物館で二〇〇四（平成十六）年に催された企画展示（№２３４）「近代福岡交通史」（「鉄道開業と汽車の旅」）による。インターネットで閲覧できる。

（6）坪内稔典・あざ蓉子編『漱石熊本百句』創風社出版（二〇〇六年刊）

（7）井上精三著『博多郷土史事典』葦書房（一九八七年刊）による。

温泉と禅寺

新婚旅行十句のうち、以上の七句は全て叙景の句であった。前書きで場を設定し、焦点を定めた景物を写生するという手法である。「博多公園の松林」、「箱崎八幡の鳥居」、「香椎宮の綾杉」、「天拝山の一本松」、「太宰府天神の芙蓉」、「観世音寺の扁額」、そして「都府楼の鴫と礎石」。人間は、「大陸と日本」のテーマとともに句の背後に追いやられている。

この頃東京の子規は、結核性カリエスが悪化して歩行もままならず、病床に横たわることが多かった。これらの句は、病床の子規を慰めるための「俳句による筑前名所案内」という側面を持っていたのかもしれない。

一方、残り三句には人の動きが感じられる。温泉地は人間くさい場所であるし、梅林寺は抹香の匂いが充満するお寺ではなく、鬼道場と言われた禅の修業道場であった。

この旅行について漱石は、句稿を送った子規に対しても、鏡子と二人連れであることを知らせていない。「小生当夏は一週間ほど九州地方汽車旅行仕候」（九月二十五日付書簡）と素っ気なく報告しているだけである。鏡子が旅行に同行したと考えるか否かは、句の内容や雰囲気を大きく左右する。子規は、鏡子も一緒だと考えたであろうか。それとも、文面通り漱石単独の「九州地方汽車旅行」と思ったのだろうか。どちらかに断定しうる材料はない。ともあれ子規は、二日市温泉と梅林寺の句に○を、船小屋温泉の句には◎を付けた。

二日市温泉
温泉《ゆ》の町や踊ると見えてざんざめく

大宰帥・大伴旅人が「次田《すきた》の温泉《いでゆ》に宿り、鶴《たづ》が音《ね》を聞きて作る歌一首」として詠んだ歌に、「湯の原に　鳴く葦鶴は　我がごとく妹に恋ふれや　時わかず鳴く」（『万葉集』巻第六）というのがある。その「次田《すきた》の温泉《いでゆ》」が現在の二日市温泉である。江戸後期には黒田藩主専用の御前湯の外に五カ所の湯壺があった。一八八九（明治二十二）年二日市駅が開業すると、十数件の旅館が建ち並ぶ県内最大の温泉観光地へと変貌していった。ところが漱石夫妻が訪れた頃には、乱開発がたたり一時「温泉冷却シテ殆ド廃滅」（温泉浚渫《しゅんせつ》碑文）しそうになったこともあった（その後掘削によって「以前ニ優ル良好ノ温泉」になるのだが）。

鷺田川（一九二七年の豪雨で埋没）という川が流れていて、その両岸に旅館や商店が並んでいた。川の中にも湯が湧き出ており、いわゆる「川湯」もいくつかあった。また、高級貸座敷

明治時代末期の武蔵温泉（二日市温泉）の川湯
（筑紫野市歴史博物館提供）

や射的場、玉突き場を備えた、現在の温泉センターのような施設もあった。

二人が宿に着いたのは九月三日の午後四時半頃、ひと風呂浴びて部屋でくつろいでもまだ日は落ちない。しかし暑さは大分和らぐ。温泉好きの漱石は鷺田川に下りて川湯にも入ったであろう。河畔を歩けば「天拝の松」が見えた。

この句の季語は「踊る」で秋。普通季語の「踊る」は盆踊りを指すが、この場合は違う。というのは、二日市地方にはもともと盆踊りの風習がなかった。「盆踊りに代わるものとして、盆綱引きがほぼ全域に見られていたが」、「盆踊りは、一部を除いて、戦前（第二次大戦前のこと。引用者注）もしくは戦後に新しく起こった例が少しみられる程度」（『筑紫野市史』[1]）であった。なお「さんざめく」は『漱石全集』では「さんざめく」となっている。

日が暮れると温泉街は活気づく。どこかの旅館で宴会が始まった。にぎやかな三味線の音がする。太鼓の音も混じる。酔った男たちが何か大声で叫んでいる。芸妓たちの笑い声と嬌声。それらが渾然一体となったざわめきとして聞こえてくる。どうやら踊りも始まったようだ。漱石は部屋の柱に寄りかかって句の推敲に余念がない。鏡子は窓辺で夜風にあたっている。部屋の中はひっそりとしている。

梅林寺

碧巌を提唱す山内《さんない》の夜ぞ長き

「碧巌」は碧巌録のことで、中国宋代（一一二五年）に成立した禅の典籍（十巻）である。碧巌集とも言い、臨済宗において最も重要な仏典とされる。「提唱」とは、禅宗で教えの根本を提示して説法することをいう。「山内」は寺の境内。

梅林寺は、臨済宗妙心寺派の寺院である。現JR久留米駅のすぐ近く、筑後川沿いにある。梅の名所としても知られている。久留米藩主（有馬家）の菩提所であった。漱石の親友で五高の同僚・菅虎雄は、久留米藩の御典医の家系で、梅林寺は菅家の菩提寺でもあった。

菅虎雄は学生時代から参禅の経験があり、すでに臨済宗円覚寺派初代管長の洪川宗温から「無為」の居士号を授けられていた。「理性と感情の戦争」に振り回されていた頃の漱石に、円覚寺参禅を勧めたのは菅虎雄である。

二日市から久留米までは汽車で一時間弱。宰府《さいふ》参りを終えた漱石夫妻は、九月四日午後五時五分、久留米駅に着いたと思われる。夕食後、漱石は妻を旅館に残して、菅虎雄と共に梅林寺を訪ねた。

梅林寺は著名な禅の修業道場であった。道場での修行僧の生活は（季節やそれぞれの寺で違いはあるが）、大雑把に言って、普通午前三時頃起床、午後九時消灯で、その間座禅を繰り返す（消灯後も「夜坐」といって自主的に座禅を組む）。老師に呼ばれたら「公案」（与えられた課題）の回答を提示しなければならない。老師の提唱が行われることもあった。作務《さむ》（労働）もあり、托鉢に出かける日が決められていた。摂心会《せっしんえ》といって、睡眠と食事の時間を除き、一

2013年、梅林寺外苑に建てられた漱石句碑（左）と菅虎雄顕彰碑（右）

週間ほどぶっ通しで座禅に打ち込む修業もあった。厳しい修業に耐えかねて逃げ出す者もいたが、〈去る者は追わず〉が原則であったという。

境内の空気は引き締まり、体を突き刺すような緊張感が漂っていた。漱石は菅虎雄の紹介で住持と話すことができた。禅の基本は「不立文字《ふりゅうもんじ》」「以心伝心」である。一方、漱石は徹底した文字（ロゴス）の人であった。禅の精神と漱石の心は噛み合いにくい。しかし漱石には、物事をロゴスを通して論理的に突き詰めずにはおれない〈潔癖性〉と同時に、論理を超えた不可解な存在の認識と、それへの怯えがあった。住持の話は、時々漱石が発する理詰めの質問を挟んで、対立を孕みながらもバランスを保って続いていったであろう。

漱石はこの夏、「人生」と題する文章を書いた。五高の校友会誌『龍南会雑誌』第四十九号（十月二十四日発行）に載せるためのものであった。四十九号の原稿締切は九月十二日であったから、遅くとも新婚旅行の前後には書いたであろうと思われる。その中で漱石は、人生の不可解さについて次のように述べた。

吾人の心中には底なき三角形あり、二辺並行せる三角形あるを奈何《いかん》せん、若《も》し人生が数学的に説明し得るならば、若し与えられたる材料より、Xなる人生が発見せらるゝならば、若し人間が人間の主宰たるを得るならば、若し詩人文人小説家が記載せる人生の外に人生なくんば、人生は余程便利にして、人間は余程ゑらきものなり、不測の変化外界に起り、思ひがけぬ心は心の底より出で来る、容赦なく且乱暴に出で来る海嘯《つなみ》と震災は、啻《ただ》に三陸と濃尾に起るのみにあらず、亦自家三寸の丹田《たんでん》（下腹部、臍の下にあたるところ。引用者注）中にあり、険呑《けんのん》なる哉、

漱石の心中にある「底なき三角形」、それは理性を嘲笑い「容赦なく且乱暴に出で来る海嘯《つなみ》と震災」のようなものであった。「数学的に説明し」得ない「Xなる人生」は、禅の思想と方法で解決できるのか。解けそうで解けないもどかしさが募るばかりである。もちろん一晩の法話で解決できるはずはない。秋の夜は更けていった。

句の解釈としては——「あえて字余りを犯してまで、『提唱』『山内』という言葉を持ってきているのは、禅寺のもつ独特な雰囲気を伝えようとしたからに違いない。季語の斡旋がうまく、しみじみとした秋の夜の長さと仏書の深遠さとを重ねることによって、禅寺の名刹でひと時を過ごす者の充足感を詠んだものである」（『漱石熊本百句』）、「禅などにあまり興味をもたなかった若い妻は、旅館の一室で所在なさそうにぼんやりひとりで漱石の帰りを待っていた」（『夏目漱石と菅虎雄』）というのが穏当なところであろう。

後年のことになるが、鏡子は、漱石が「病気（「あたまの病気」のこと。引用者注）で気むずか

しくなると岡田式静座法に通って丹田に力を籠めてこれに対抗した」[3]という。岡田式静座法は座禅風の心身の健康法であるが、鏡子に禅そのものに対する興味があったわけではない。少しでも興味があったなら、漱石との夫婦関係も少しは変わっていたかもしれない。鏡子は占いは信じたが、実生活に還元されない論理や直観を信じなかった。彼女にとって「底なき三角形」とか「二辺並行せる三角形」などとは、単なる言葉遊びとしか思えなかったであろう。

船後屋温泉

ひやくと雲が来る也温泉《ゆ》の二階

九月五日、前日夜更かしをした漱石は、午後二時二十五分久留米発の下り列車に乗ったと思われる。当時船小屋温泉に行くには羽犬塚駅で降りる。所要時間は約二十分であった。しかし、この日の午前中、二人がどこで何をしたのかは分からない。

一つ推測しうるのは、鏡子を伴った漱石が、前夜のお礼に再度梅林寺を訪ねたということである。というのは、子規に送った句稿には、船小屋の句の後に「都府楼瓦を達磨の前に置きて」と前書きを付した、「玉か石か瓦かあるは秋風か」という句が置かれている。この句は、新婚旅行の最後の宿泊地である船小屋の句の後にあり、普通、新婚旅行から帰った後に詠んだものとされる。だが、達磨（達磨図、あるいは達磨像）といえば、禅寺の可能性がある。この

明治時代末の船小屋温泉の老舗旅館「樋口軒」
（福岡県立図書館所蔵の絵葉書より）

達磨は、熊本の見性寺（臨済宗妙心寺派の寺）のものかもしれないが、梅林寺のものであることを否定はできない。また、達磨の前に置いたという都府楼瓦は、美術品として、あるいは硯の原料として珍重されていた。太宰府で入手した都府楼瓦を、感謝の思いを込めて梅林寺の達磨図（像）の前に置いた――と考えるのは、飛躍し過ぎか。

船小屋温泉は現福岡県筑後市の南部、矢部川の岸辺にある。湯は、泉温十九度の炭酸泉で、江戸末期から胃腸病などに効能ある湯治場として利用されていた。一八八八（明治二十一）年「船小屋鉱泉合資会社」が設立され、本格的な温泉郷として開発されていった。地元古川村の村長が建てた木造三階の堂々たる旅館（玉振館）もあった。

部屋の窓を開け放つと、川音が大きくなる。雲を運び稲穂をそよがせて、筑後平野を渡ってくる野分が、湯上がりの火照った体を心地よく冷ましていく。この句は「ひやひやといふ言葉がいかにも空気を肌に感じさせる様な所を持ってゐて、非常に印象が鮮かである」――『漱石俳句研究』ではこう評価されている。また、「旅の楽しさがよく出ている。温泉宿の二階の窓で寄り添っている、まだ新婚の漱石夫妻の図だ」（『俳人漱石』[4]）とか、「漱石さんの句のなかでも、とびきり幸せ感にあふれた句だ」（『漱石さんの俳句』[5]）と、幸せいっぱいの漱石夫妻がイメージされている。

だが、果たしてそうなのであろうか。

翌九月六日の正午ごろ、漱石と鏡子は熊本市の自宅に帰り着いた。

注

（1）筑紫野市史編さん委員会編『筑紫野市史　民俗編』筑紫野市（一九九九年刊）

（2）原武哲著『夏目漱石と菅虎雄――布衣禅情を楽しむ心友――』教育出版センター（一九八三年刊）

（3）林原耕三著『漱石山房の人々』講談社（一九七一年刊）の「鏡子夫人」による。

（4）坪内稔典著『俳人漱石』（「Ⅳ　ときめきの俳人・漱石」）岩波新書（二〇〇三年刊）

（5）大岡翔著『漱石さんの俳句　私の好きな五十選』実業之日本社（二〇〇六年刊）

ひどく不愉快

新婚旅行のことは、弟子たちにも知られていなかった。漱石夫妻一番のお気に入りと言われた小宮豊隆でさえ、「九州地方汽車旅行」と言い、「或は奥さんと一緒だったかも知れない」（『漱石俳句研究』）と、あいまいな表現しかできていない。「九州地方汽車旅行」が鏡子同伴であることがはっきりしたしたのは、一九二七（昭和二）年から翌年にかけて、「漱石の思ひ出」が雑誌『改造』に連載（十月号より十三回）された時であった。

新婚の真夏を過ぎて、九月に入ると早々一週間ばかりの予定で、一緒に九州旅行を致しました。福岡に居る叔父を訪ねて、筥崎八幡《はちまん》や香椎宮《かしいのみや》や太宰府の天神やにお参りして、それから日奈久温泉などにいきました。今ではそんなこともありますまいが、其頃の九州の宿屋温泉宿の汚さ、夜具の襟なども垢だらけで、浴槽はぬるぬるすべつて、気持の悪いったらありません。ひどく不愉快なので、私は懲り懲りしまして、それ以来九州旅行は誘はれても行く気になれませんでした。

（「四　新家庭」）

以上が新婚旅行に関する記述の全てである。

文中に「日奈久温泉」とあるのは、「船小屋温泉」の記憶違いである。日奈久温泉は熊本県八代市にあるが、二人が旅行した時、鉄道は松橋《まつばせ》までしか延びていなかった。八代駅まで線路が通ったのは新婚旅行直後の十一月二十一日のことである。また、八代駅・日奈久駅間が開業したのは、一九二三（大正十二）年で、二十七年後のことであった。現在でも、列車で日奈久温泉まで行くには、JR八代駅で肥薩おれんじ鉄道に乗り換え、日奈久温泉駅（八代駅から十二分ほどかかる）で下車しなければならない。ということは、当時日奈久温泉へ「汽車旅行」をすることはできなかったし、汽車を利用しなければ簡単に行ける所ではなかったということである。旅程の上からみても、久留米駅から四時間を費やして（熊本市を素通りし）、松橋駅まで南下することはまず考えられない。そうしたとしても、松橋から日奈久までさらに三〇キロの距離がある。時速八～一〇キロの人力車で最低三時間を要する距離である。そんな無茶な旅行計画を立てる者はいないだろう。それに漱石は日奈久温泉の句を作らなかった。

宿泊地の間違いは、鏡子のオタンチンノパレオラガスぶりを示すものとして済ますことができる。しかし、新婚旅行を「ひどく不愉快」の一言で片付けているのは、奇妙である。不愉快なのは旅行そのものではなく「九州の宿屋温泉宿の汚さ」と断ってはいるが、旅館の汚さ以外に書き残しておくことはなかったのだろうか。五泊六日の旅であったし、語るべきエピソードの一つや二つはあったはずである。しかし、鏡子は何も語らなかった。

『漱石の思ひ出』は鏡子が語り、娘婿（長女・筆子の夫）の松岡譲が筆録したものである。松岡譲は漱石晩年の弟子の一人で、芥川龍之介、久米正雄らと共に第三次、第四次『新思潮』の同人であった（しかし筆子との結婚をめぐるトラブルのため、他の同人たちとは長年疎遠になっていた）。

松岡譲は、『漱石先生』(1)の「追憶記の事」（一九二八年筆）という文章の中で、筆録の手順について述べている。それによると、鏡子から思い出話を聞く前に、話を聞く時期の書簡、日記、小品・随筆、俳句・漢詩等を含め、「全集の各部にあたつて準備し」、「大體の目録を作つて、それを傍において未亡人の話を聞」いた。「目録によつて、あの時はどうだつたかとかこの時はどうだつたとかと尋ねて、そこで古い事を思ひ出して貰つたり、まるで忘れてゐた事を突つき出したりする事もある」。「未亡人の話にも記憶の間違などがないものでもないので、日記や手紙から得た資料で訂正して行く事もある」。そして「かうして出來上つた原稿を、未亡人から目をとほして貰つて、誤があれば指摘して貰つて正して行く」というやり方をとった。鏡子の記憶力は「始めの方が素晴らしくい丶。段々家庭の雑務が増えて煩はしくなるにつれて粗になり勝ち」であったという。そして「吾々の眞に聞きたいところのものは、家庭に於ける漱石であり、妻の見たる人間漱石の赤裸々の姿である」、「眞實を曲げて迄、漱石を神様扱ひにしようとは思はない」と書いている。

「妻の見たる人間漱石の赤裸々の姿」を知ろうとして、松岡譲は新婚旅行について鏡子にあれこれ質問したであろう。記憶力が「素晴らしくい丶」結婚当初のことである、鏡子の脳裏にはいろいろな出来事が甦ったにちがいない。しかし、鏡子は「ひどく不愉快」としか語らなかった。あるいは、娘婿に語ったあれこれを、雑誌に掲載することを認めなかった。

次の事実もまた、考えようによっては不思議なことである。

「漱石の思ひ出」を雑誌『改造』に連載中の一九二八（昭和三）年の五月、鏡子は松岡譲を伴ってほぼ三十年ぶりに熊本を訪れた。同行した松岡譲は、門司駅で取り囲んだ新聞記者に対して、「長崎、雲仙、別府、松山の順序で旅程をたてて居る」が、「旅行の目的は熊本・松山の両地に於て、漱石先生の舊居のあとを親しくたづねて、それぞれの寫眞をとつたり、當時のお識り合ひの方々にお會ひして、目下稿を續けてゐる未亡人の『思ひ出』を追補したいと考へてる事(2)」などと語っている。二人は門司駅で長崎行きの列車に乗り換えると、福岡を素通りして長崎（泊）・雲仙（泊）を回り、雲仙から船で熊本へ向かった。熊本では三泊し、新婚時代の旧居を回ったり、『草枕』の舞台といわれる小天《おあま》を訪ねたりした。松山へは豊肥線で大分へ行き（別府で一泊）、大分から船に乗った。

この九州再訪の旅からは、新婚旅行の宿泊地がすっぽりと抜け落ちている。結果的にそうなっただけで、鏡子に他意はなかったのかもしれない。だが、「『思ひ出』を追補」することが旅行の目的であるのなら、新婚旅行の宿泊地に立ち寄るのは無駄ではない。雲仙や別府で温泉につかるより意味があるだろう。しかし、鏡子は立ち寄らなかった。このことを、新婚旅行についてて「ひどく不愉快」としか語らなかった事実と重ね合わせると、鏡子は、ひょっとして福岡県の土地を踏むことを忌避したのではないか、という疑いが起こってくる。

新婚旅行中漱石と鏡子の間に何があったのか、もちろんそれは分からない。しかし何かがあった。

旅行から帰るとすぐ、鏡子は寝込んでしまう。漱石は徹夜で看病しなければならなかった。

内君の病を看護して一句

◎枕辺や星別れんとする晨《あした》

この句は新婚旅行十句を含む句稿の中にあり、「玉か石か瓦かあるは秋風か」の次に置かれている。

「内君」（うちぎみ、ないくん）は、「奥方」という意味で鏡子を指している。季語は「星の別れ」で秋。「星分れんとする晨《あした》」とは、牽牛と織女との後朝《きぬぎぬ》の別れのことである。

漱石の付きっきりの看護が効を奏して、鏡子の病気はすぐ回復した。しかし漱石は驚愕したに違いない。鏡子の病気は、ヒステリーの発作だったと思われるからである。陰気な光琳寺町の環境が病気に悪いと思ったのか、漱石は慌てて引っ越しをする。転居先は熊本市合羽町（現中央区坪井町）の新築同様の家であった。家賃は十三円。「熊本の借家の払底なるは意外なり。かかる処へ来て十三円の家賃をとられんとは夢にも思はざりし」（九月二十五日付子規宛書簡）と嘆いたが、鏡子の健康のためには仕方がなかった。

鏡子は転居について——自分のヒステリー発作には触れずに——こう語っている。

九月の半頃、旅行からかへつて間もなく光琳寺町から合羽町に移りました。といふのはこの光琳寺町の家といふのが、元妾宅だといふ位ですから小粋に出来てるのはいゝのですが、すぐ前が墓場である上に、こゝで妾が不義をして御手打ちになつたとやらどうだとやらで、何となく住んでると不気味な家でしたので、家が見附り次第越さうといふわけだつたのです。

（「四　新家庭」）

鏡子の沈黙にもかかわらず、彼女が結婚当初からヒステリーの発作を繰り返していたことは、今や定説になっている。これは、漱石の自伝的小説『道草』の内容が主な根拠とされるのだが、実際『道草』におけるヒステリー発作の描写はリアルで、読む者に強烈な印象を与える。精神医学の専門家である千谷七郎は「幾ら漱石が秀れた作家であったにしても、自分の目で幾度か実見しているのでなければ、あれほどに描けるものではないと思う[3]」と述べている。

弘文堂版『精神医学事典』（一九七五年刊）等によると、古代ギリシャ以来ヨーロッパでは、ヒステリーは「体内で子宮が動き回る婦人病」（ヒポクラテス）とされ、根強い偏見の対象になっていた。中世においては魔女として処刑されたヒステリー患者も多かったという。十九世紀の中頃になると遺伝的な「変質性精神病」とされたが、日本に移入されたヒステリーの概念はこの期のものであった。ヒステリーに対して根拠のある理論が提示され始めたのは十九世紀末になってからで、フロイトとブロイアーとの共著による『ヒステリー研究』が刊行されたのが一八九五（明治二十八）年、『夢判断』（フロイト）の刊行は一九〇〇（明治三十三）年であった。

現在ヒステリーは、解離（性）障害、転換（性）障害と呼ばれ、男性も罹る神経症の一種に分類されている。その症状には、孤立無援の状況から脱出し他者の支持を確保しようという無意識の意図が含まれている、とされることが多い。したがって、ヒステリーは「疾患への逃避」とか「無意識の許病（仮病）」などといわれたことがあったし、今もいわれることがある。

『道草』の細君・お住の発作は、典型的なヒステリー症状を示している。麻痺、痙攣、昏倒はもちろん、幻視、幻聴、遁走もあった。朦朧状態でカミソリを持ち出すという、自傷行為を思わせる行為さえあった。しかしお住は、朝になると、何事もなかったかのように日常の生活に戻る。夫の健三は、お住の発作が夫婦の対立が険悪になった時に起こるので、発作を「夫に打ち勝とうとする女の策略」ではないかと疑ったりするが、「細君の病気は二人の仲を和らげる方法として」、むしろ「必要」だとも感じていた。

漱石と鏡子との結婚生活も〈夫婦の対立→妻のヒステリー発作→対立の解消（仲直り）〉の繰り返しであったようだ。二人の対立が漱石の「あたまの病気」の時期と重なると、夫婦関係は悲惨な状態に陥ったが、幸いなことに、熊本においては「あたまの病気」が顕在化することはなかった。

一九一六年（漱石の没年）の春、漱石が手帳に書き留めたメモ（いわゆる「断片」）が残されている。それは百字程度の短い文章であるが、二十年間の漱石と鏡子との夫婦関係を、シンボリックな形で照らし出している。

○喧嘩。細君の病気を起《ママ》こす。夫の看病。漸々両者の接近。それがactionにあらはるゝ時、細君はたゞ微笑してカレシング（「愛撫、抱擁」引用者注）を受く。決して過去に遡つて難詰せず。夫はそれを愛すると同時に、何時でも又して遣られたといふ感じになる。

（『漱石全集』第二十巻「日記・断片下」）

このメモから、「夫はそれを愛する」に続く「と同時に、何時でも又して遣られたといふ感じになる」の部分をカットすると、それはそのまま、「枕辺や」の句の自作解説になるだろう。——新婚旅行中の「喧嘩」がもとで鏡子は「病気を起こす」。病気は、鏡子の結婚後初めてのヒステリー発作であった。「夫の看病」。秋の夜が更けていく。「両者の接近」、そしてアクション。鏡子は微笑して漱石の「カレシング」を受け、「喧嘩」の原因を「過去にって難詰」することはない。漱石はそういう鏡子を愛しいと思う。夜明けが近づき、病状の治まった鏡子は、安らかな寝息をたて始めた。熱のこもった部屋の雨戸を開けると、満天の星である。天の川もきれいに見える。

熊本時代、鏡子は時々ヒステリーの発作を起こした。悪阻の時期は特にひどかったようである。しかし、漱石は「又して遣られたといふ感じ」になることはなかった。また『道草』の健三のように、ヒステリーの発作を「女の策略」と疑うこともなかった。

ともあれ、漱石と鏡子の新婚旅行は、その後彼らが送る起伏に富んだ夫婦生活の、その記念すべき第一歩をしるすものとなった。

注

（1）松岡譲著『漱石先生』岩波書店（一九三四年刊）

（2）前注と同じ松岡譲著『漱石先生』の「漱石のあとを訪ねて」による。

（3）千谷七郎著『漱石の病跡――病気と作品から――』勁草書房（一九六三年刊）の「三　病気のあらまし」による。

第二章　漱石のヒロイン鏡子

熊本を去る直前の鏡子と長女・筆子
（神奈川近代文学館提供）

天上の恋

一九三八（昭和十三）年に刊行された小宮豊隆著『夏目漱石』（岩波書店）は、〈則天去私の境地を獲得した求道者・夏目漱石〉とでもいうべき漱石像を、その完成型において提示した。それは、その後の漱石研究に絶大な影響を与えただけではなく、健康な近代的個人主義者＝夏目漱石のイメージを、国民的規模で創りあげる起動力となった。だが、「文豪・漱石」「国民的作家」などという声望の広がりは、一方で、妻・鏡子が公にした漱石の「あたまの病気[1]」の問題や、漱石の陰の部分の探求（例えば北垣隆一著『夏目漱石の精神分析[2]』等）を置き去りにし、黙殺しつつ形成されていったものであった。

膨大な資料を駆使して構築した小宮豊隆の漱石像は、難攻不落の要塞のように見えた。だが、それでもやはり、第二次大戦後になると徐々に批判にさらされるようになる。

例えば、中村光夫は、よく知られていることだが、「小宮豊隆氏の『夏目漱石』は我が近代の作家評伝中の傑作である」としながらも、「小宮氏がここに見せてくれるのは作家漱石の非常に精巧な剝製であって、そこには肝腎な生命の息吹が欠けている[3]」と批判した。また、荒正人は、『評伝夏目漱石[4]』で、漱石は「内に一種の狂気を蔵していた」と指摘し、「漱石の文学は、一言でいえば、狂気の文学である」と断じた。漱石の「狂気」については、一九五〇年代以降、精神医学の専門家などによって、「統合失調症（精神分裂病）」「鬱病」「非定型精神病」等、さまざまな〈診断〉が下されていった。そして、江藤淳による漱石と嫂《あによめ》・登世《とせ》との不倫説[5]は文学界の枠を超えて話題となり、小宮豊隆が構築した漱石像を打ち砕いた。

　ところが、漱石が新婚旅行直後に詠んだ例の看病の句、

　　内君の病を看護して一句
枕辺や星別れんとする晨《あした》

　この句の解釈に関しては、見事な漱石の「剝製」を創りあげた小宮豊隆も、また漱石の「低音部」を暴き出した江藤淳も、ほとんど違いを見せていない。

　小宮豊隆は、「鏡子に対する愛情の濃やかさが、春雨のように人の胸に滲み込む句である」、「漱石は当時鏡子を不断どんな取り扱いをしていたか、精しいことは分からないが、しかし内部ではこれほどひたひたと鏡子を愛していたのである[6]」と述べている。〈漱石神社の神主〉と

1900年４月、鏡子(右端)と五高教授夫人たち（神奈川近代文学館提供）

揶揄される小宮豊隆としては当然の評価であろう。一方江藤淳も、「金之助は、以後このようにこまやかな情感のあふれた句を、めったにつくらなかった。不安はかすかにきざしているが、まだ彼をおびやかすほどではなく、むしろ生まれてはじめて得た伴侶へのやさしさにおおわれている[7]」と、この句に漱石のストレートな愛情の表出を見ている。

　この句は、「(鏡子を)看護しているのだが、そこに恋情が濃厚」で、「看護の句にして恋の句でもある[8]」といえなくはない。だが、松根東洋城がいうように、「夫婦の契りの愛情などからは寧ろ隔つた病の状態の人の枕邊に天の星の戀、それも戀の別離の情をすぐに接せしめたことを切實に思ふ[9]」という鑑賞も成り立つ。小宮豊隆もかつては、この句の解釈を、漱石の「愛情の濃やかさ」に一面化してはいなかった。『漱石俳句研究』(「その九」)においては「只の明け方でなくて星別れんとする晨といふので人情が餘程複雑になるのである」と評し、さらに「星の別れといふ傳説を、作者は作者流に特別に體験してゐる。其心持が星別れんとする晨で象徴される」と分析している。

　この句は、すでに前章で述べたように、鏡子のヒステリーの発作を前提にした時、はじめてリアリティーを持つと思われる。発作を目の当たりにした衝撃、苦しむ鏡子への深い憐憫、回復を願う切なる思い、夜を徹した必死の看病――「内君の病を看護して」という前書きには、そんな切迫した「看護」の実態が隠されているだろう。漱石の「看護」は全くの手探り状態であった。正気を失い発狂したかのような鏡子の姿態に恐怖を覚え、茫然自失するより外にない瞬間もあったであろう。トランス状態にあって、日常性を削ぎ落とされた鏡子の表情に、いわゆる「元型」的な女性そのものの美を感じとり、その魅力に圧倒された瞬間があったかもしれない。

だが、この句が複雑で微妙な情感を醸し出すのは、「内君の病」がヒステリーであったことによるだけではない。

この句は、当然七夕伝説を連想させる。「星別れんとする晨」とは、漱石が鏡子の枕元で星のきらめく未明の秋空を想像したり、あるいは実際に星空を見上げてその美しさに心を動かされた、ということのみを表現したものではない。そこには、一年後にしか逢えない恋人たちの切ない別離がイメージされている。病気の新妻を夜を徹して看病しながら、漱石は一方で天上の永遠の恋に思いをはせ、「星の別れといふ傳説を」「特別に體験してゐる」のではないだろうか。

漱石は鏡子に付きっきりで一晩を過ごした。夜明けが近づき、病状の治まった鏡子は、安らかな寝息をたて始めた。熱のこもった部屋の雨戸を開けると、満天の星である。天の川もきれいに見える。漱石は一睡もしていなかった。安堵と脱力感の中で、意識は澄み渡った天空に果てしなくに拡散していった。その意識の透き間から、ある想念が忍び込んでくる。

天の川、牽牛と織女、一夜の逢瀬と永遠の愛の契り。色褪せることのない、天上のピュアな恋。漱石の想念はふくらみ、放心状態がしばらく続いた。窓際を離れるとイメージは結晶し、おのずから句が浮かんでくる——枕辺や星別れんとする晨。

確かにこの句は、「内君の病を看護して」という前書きがないとすると、「恋情が濃厚な」、かつ浪漫的な恋の句である。ひょっとして、黒髪を枕に埋めて横たわる女性は、鏡子ではなく、「百年、私の墓の傍に坐つて待つてゐて下さい。屹度逢ひに来ますから」と言って死んでいく、『夢十夜』(「第一夜」)の女性に重なるのかもしれない。彼女はその約束を守り、百年後の「暁の星がたつた一つ瞬いてゐ(る)」夜明けに「真白な百合」となって現れる。

目の当たりにした鏡子のヒステリーの発作と、放心状態における天上の恋のイメージは、共に、論説文「人生」にいう「因果の大法を蔑《ないがしろ》にし、卒然として起り、驀地《ばくち》に(「まっしぐらに」の意。引用者注)来るもの」であった。すでに触れたように、論説文「人生」は『龍南会雑誌』に掲載された。その発行は、新婚旅行の翌月、十月二十四日である。漱石の「枕辺」体験は、論説文「人生」における「世俗之を名づけて狂気と呼ぶ」「一種不可思議のもの」の存在を、改めて明らかにした。漱石はそれを青春時代の彷徨——二十四歳の漱石は子規に向けて「狂なるかな狂なるかな僕狂にくみせん」(10)と書いている——から汲みとり、「内君の看護」を経験することを通して、より内面化していったであろう。

論説文「人生」には、理性のコントロールをすり抜ける「狂気」についてだけではなく、「夢」についても独特の考察が展開されている。

蓋《けだ》し人は夢を見るものなり、思も寄らぬ夢を見るものなり、覚めて後冷汗背に洽《あまね》く、茫然自失する事あるものなり、夢ならばと一笑に附し去るものは、一を知って二を知らぬものなり、夢は必ずしも夜中臥床の上にのみ見舞に来るものにあらず、青天にも白日にも来り、衣冠束帯の折だに容赦なく闥《たつ》を排して闖入し来る、機微の際忽然として吾人を愧死《きし》せしめて、其来る所固より知り得べからず、其去る所亦尋ね難し、而も人生の真相は半ば此夢中にあつて隠約たるものなり、

精神分析理論の創始者・フロイトは、ヒステリー患者を治療する過程で無意識の存在を〈発見〉し、夢や失錯行為の分析を通してそれを理論的に掘り下げていった。フロイトによると、人間の意識は心の薄っぺらな表層にすぎず、心はむしろ無意識の主導権のもとに置かれている。心理現象は、意識と無意識との対立、和解、妥協、相互瞞着等の現れであった。そして人間は通常、それらを意識化することができない。「其来る所固より知り得べからず、其去る所亦尋ね難し、而も人生の真相は半ば此夢中にあって隠約たるものなり」という漱石の洞察は、フロイトの無意識の理論に通じるものがあるようだ。もちろん漱石は、フロイトのように夢の分析を深める方向には向かわなかったが、だからといって、漱石の探求が「人生の真相」から外れていったわけではない。リビドー（無意識の欲望）を性欲に一元化したフロイトの思想よりも、むしろ漱石の文学の方が、より「人生の真相」に迫り得たといえるかもしれない。

しかし、二十九歳の漱石はまだ小説家ではなかった。天上の恋のイメージは一瞬の「夢」であり、「世俗之を名づけて狂気と呼ぶ」ものであった。恐らくその「夢」や「狂気」は、『夢十夜』に伏流する「現實のすぐ隣りにある夢や幻想の與へる恐ろしさ、一種の人間存在の原罪的な不安[11]」に通じるものであったろう。だが、そのような〈存在すること自体の根源的不安〉とでもいうべきものの自覚が、「人生の真相」に直結するわけではない。果たして「夢」や「狂気」は現実の生活とどうつながっているのだろうか、あるいはつながっていないのか——当時の漱石にとって視野は暗かった。漱石は、論説文「人生」を「剣呑なる哉」という言葉で結ぶしかなかった。

「実は教師は近頃厭になり候」、「当人自らがいはゆるわが身でわが身がわからない」、「小生は不具の人間なれば……」（子規宛書簡）などと、漱石は訴えた。それは来熊後一年たった一八九七（明治三十）年四月のことであるが、その半年前、論説文「人生」を発表した頃、すでに漱石は、義父・中根重一に転職の希望を述べ、職探しを依頼していた。漱石には、精神生活においても現実生活においても、〈現在、自分は自分がいるべき場所にいない〉という思いが強かったようだ。しかし、その焦りにも似た思いは、望み通り東京に戻り「教師をやめて単に文学的の生活」を送る（同前子規宛書簡）ことができたとしても、消え去るものではなかったであろう。なぜなら、「世俗之を名づけて狂気と呼ぶ」ものを抱え込み、「夢中にあつて隠約たる」世界にまで広がった漱石の人生は、「Xなる人生」のままであったのだから。

注

（1）夏目鏡子述・松岡譲筆録『漱石の思ひ出』は、結婚前漱石が「頭の変になっていた時」の出来事から始まる。その中で鏡子は、「想像の上に想像を重ねて行つて、終《しま》ひには一つの立派な事実――それは自分だけにわかつて、人にはわからない――を作り上げて了《しま》ふ」という、漱石の「病的な頭」をしばしば見て来た、などと述べている。

（2）『夏目漱石の精神分析』（岡倉書房）は、一九三八（昭和十三）年に刊行された。著者・北垣隆一は、戦後その改訂版『改稿漱石の精神分析』北沢書店（一九六八年刊）において、漱石の病は「精神的（観念的）神経症、すなわち不安ヒステリーで、主症状は被害妄想症であり、メランコリー、微小妄想症、恐怖症、関係妄想症をふくみ、これらと胃神経症とが複合している」と結論づけている。

（3）中村光夫著『作家の青春』創文社（一九五二年刊）の「漱石の青春」による。

（4）『評伝夏目漱石』は実業之日本社（一九六〇）年刊。引用は「第四章　漱石の文学」より。

（5）不倫説は、江藤淳著『漱石とその時代　第一部』の「13　登世という嫂」などで展開されている。

（6）小宮豊隆著『夏目漱石』の「二八　結婚」による。

（7）江藤淳著『漱石とその時代　第一部』の「21　星別れんとする晨」による。

（8）坪内稔典著『俳人漱石』の「Ⅳ　ときめきの俳人・漱石」による。

（9）寺田寅彦・松根豊次郎・小宮豊隆共著『漱石俳句研究』の「その九」による。

（10）「狂なるかな狂なるかな僕狂にくみせん」は、一八九一（明治二十四）年四月二十日付子規宛書簡中の言葉。

（11）伊藤整著『作家論』筑摩書房（一九六一年刊）の「夏目漱石」による。

地上の愛

「Xなる人生」の探求については、「剣呑なる哉」といって先送りすることはできるが、夫であり教師である現実の人生を投げ出すことはできない。漱石は不器用で愚直な実生活者でもあった。五高の同僚・長谷川貞一郎――帝大史学科卒で漱石の寄宿舎仲間――の回想談には、平凡な明治の男にすぎない漱石の一面がよく出ている。

その年の六月、夏目君は奥さんを迎へて初めて光琳寺町に家を持つたのですが、その家へ私は佐久間信恭君（五高の英語科教授。引用者注）と二人連れで温《たず》ねて行つたことがありました。（中略）で、その時も午飯の御馳走になりましたが、徳利の中から蠅が出たといふので、側で見てゐても気の毒な位奥さんを叱り飛ばすのです。夏目君はその日荒い縞の着物を着てゐましたが、何《ど》ういふものか今でもそれを記憶してゐますよ。

（「熊本時代の漱石と米山天然居士[1]」）

もちろん鏡子が蠅を徳利に入れたのではない。彼女かお手伝いさんのテルの不注意によるものであろう。漱石は妻の不始末を客に謝罪すべきであって、客の面前で鏡子を叱り飛ばすのは、彼女に屈辱感を与え、座を白けさせるだけである。一年後の鏡子であれば、「叱るなら蝿を叱って下さい」などと抗弁したかもしれないが、この時はまだ結婚したばかりであったし、黙って引き下がったであろう。

五高では九月十四日入学式が行われ、新年度が始まった。漱石は、大学予科第二部二年甲組の監督主任を命じられた。端艇部（ボート部）の部長[2]も引き受けており、授業以外の校務に時間を取られることが多くなっていった。そのうえ、九月末（と思われる）には自宅でクラスの懇親会[3]を開いたり、九月末（あるいは十月）からは、正課の授業——年度によって違うが、週二十時間を下ることはなかった——に加えて、週二回の課外授業を行ったりした。

この課外授業について『龍南会雑誌』（第五十号）の「近事片々」という欄は、「今年は殆んど學年の始めより英語課外、獨語課外等の呼聲耳立ちて聞ゆる様になりぬ」と書いたうえで、次のように報告している。

> 英語は文科三年の發起に夏目先生、文科二年の發起に同先生、獨語には文科二年の發起に賀來先生、又三部三年も将《まさ》に同先生に請ふて之《こ》れを始めんとし何《いづ》れも大抵午前七時よりす。多忙の時間を割て後進の為に盡碎せらるゝ兩先生の勞は殊に吾曹（「われわれ」の意。引用者注）の感銘する所なり。

大江村の家で漱石夫妻を中心に、書生の土屋忠治(左端)とお手伝いさん(右端)。1898年、山川信次郎撮影(国立国会図書館デジタル資料『漱石寫真帖』より)

漱石は『吾輩は猫である』の苦沙弥先生と同じく、教師嫌いと思われている。実際五高においても、同僚に向かって「教師はいやだ」と言うことが時々あり、「部下の教授」から「君はその外に喰っていけないではないか」とからかわれたこともあったという。[4] しかし、自宅でクラス懇親会を開いたり課外授業に積極的にかかわったりしたところを見ると、若者との交流自体を嫌っていたというわけではないようだ。

九月下旬に転居した合羽町の家は部屋数が八つもあり、夫婦とお手伝いさんの三人で住むには広すぎた。新築同様の家ではあったが、安普請の下宿屋みたいな造りであった。だからというわけでもあるまいが、漱石は、長谷川貞一郎を下宿させることにする(翌年夏まで)。半年後には、五高に勤めることになった帝大英文科の同窓・山川信次郎も下宿人となる。

私(長谷川貞一郎のこと。引用者注)がしばらく夏目の家に同居させて貰ったのは、光琳寺から合羽町へ移つてからのことでした。毎晩お刺身その他いろいろの御馳走が食膳に上つて、一本の銚子ではお肴が余つて困る位でした。私が少しいける口だといふので、お酒も毎晩附いたのですね。（中略）私の払つた食費はたしか一箇月五円でした。夏目は取らぬと云ふし、奥さんにそれで足りるかと訊いても、いゝと云はれるものだから、とうくそれだけになつてしまひました。

（「熊本時代の漱石と米山天然居士」）

長谷川貞一郎と漱石の間で、下宿代を「取れ」「取らぬ」と一悶着あったが、鏡子の仲裁で下宿代・月五円とすることで落着した。この件について、漱石の孫・松岡陽子マックレインは、「祖母の気前のよさと賑やかなことが好きな性質がよく現れて」いるし、「二人そろって気前がいい、似た者夫婦とも言える」[5]と述べている。「似た者夫婦」であるかどうかは別にして、家計の支出に関しては、漱石も鷹揚であった。熊本で漱石宅の書生をしていた湯浅廉孫は、「金なんか足りない時に頂戴にいくと、実に気持ちよく出して下さりましたな。生徒に怖がられた反面には、又実に痛快で親しみのある方でしたよ」と語っている。また漱石夫妻の留守中、大勢の友達（五高生）が「入れ代り立ち代り遣つて来て、取附けの酒屋から（酒を）勝手に取って、飛んだ放楽を」しても、漱石は咎めなかったという[6]。

こんなこともあった。結婚一年後の夏、漱石の父・小兵衛直克が亡くなり急きょ上京した漱石夫妻は、鏡子の実家・中根家に滞在した。中根一家は鎌倉に避暑に出かけていた。その時のことである。

別に遊ぶ事もないので、そこで唱歌を教へてくれろといふことになり、私が先生で当時兵隊さんがよく唄つてゐました「敵は幾万ありとても、すべて烏合の勢なるぞ」といふ蛮的な唱歌を教へるのです。しかしいくら教へても教へても調子はづれでどうしても物にならず、唱ふ度に可笑しくなつて笑ひこけて了つたことがずいぶんございました。

(『漱石の思ひ出』「六　上京」)

二人が歌った「蛮的な唱歌」とは山田美妙作詞・小山作之助作曲の軍歌「敵は幾万」(7)である。この曲は日清戦争前から昭和十年代に至るまで広く歌われ、太平洋戦争中は大本営発表のテーマ音楽に使用された。そのメロディは、早稲田大学などの応援歌に借用されたこともある。鏡子は、先生役を買って出たように音楽好きで歌が得意であった。もっとも音楽といっても唱歌や流行歌が中心であり、晩年は三橋美智也のファンであった。漱石が「唱歌を教へてくれろ」などど頼んだというのは、自伝的小説『道草』の世界では考えられないことであるが、ここには、妻の興味のレベルに下り立って夫婦で喜びを分かち合おうとする、生《き》のままの夫・漱石の姿がある。

もちろん二人は夫婦喧嘩もした。漱石の五高時代の教え子である八波則吉は、こんなエピソードを書き残している。

猫（『吾輩は猫である』のこと。引用者注）に出て來る愛嬌者の多々良三平事俣野義郎君は、久留米藩の出身で私の知人であったが、當時夏目先生の宅に寄寓してゐた。

「おい、諸君今日は先生は低氣壓だよ、注意せよ。」

と警告する。理由を問へば、

「奥さんと喧嘩してゐた。」

といふ。果して其の日の先生の雲行が悪かつた。

（「漱石先生と私」[8]）

鏡子は、新婚時代を振り返って、漱石との間に「ちよい〳〵とした小《こ》衝突《しょうとつ》」はあったが、漱石は「ゆつたりしてゐて、すべてのことについて公平だし、父のやうに自分勝手な向つ腹を立てるでなし、成程先生などといふものは修養の出来たものだ[9]」と感じたという。漱石は蠅事件の時のように癇癪を起こすことはあっても、決して暴君ではなかった。

次の四句は、結婚直後（七ヶ月間）の子規宛句稿[10]・二百五十句の中からピックアップしたものである。

短 夜 を 君 と 寐 よ う か 二 千 石 と ら う か （七月）

我も人も白きもの着る涼みかな（八月）
行年を妻炊ぎけり粟の飯（十二月）
詩を書かん君墨を磨れ今朝の春（一月）

これらの句は、漱石の作句方法からして、体験的事実を直接反映した句ではなさそうである。七月の句などは、「君と寝やろか五千石とろか何の五千石君と寝よ」という俗謡(11)を下敷きにした軽いノリの句である。また「行年を妻炊ぎけり粟の飯」と詠んでいるが、夏目家と中根家の年末の行事に、粟飯を炊き粟餅を搗く習慣があったとは確認できない。さらに、これらの句における「君」や「人」や「妻」は、多種多様な二百五十の句稿の中にばらまかれることによって、具体的に特定されにくいようになっている。第一章で述べたように、これらの句においても、漱石の新婚生活はうっすらとヴェールに覆われているようだ。にもかかわらず、この四句が、漱石の新婚時代に作られたというのは動かしがたい事実である。したがって、句における「君」「人」「妻」を鏡子その人とし、これらの句に、漱石と鏡子の仲睦まじい新婚生活の一面をイメージするのは、決して牽強付会ではないだろう。

菊活《い》けて内君転《うた》た得意なり（十一月）

子規は、前の四句と同じくこの句を評価せず、◎印も○印もつけなかった。確かにこの句には漱石の句らしい面白味（斬新なイメージや連想の世界へ導くレトリックなど）はないし、俳句としては劣っているのかもしれない。だがこの句からは、漱石の鏡子に対する飾り気のない愛情を感じ取ることができはしないか。

小春日和の土曜の午後である。漱石は縁側に寝そべっている。本を広げているが、真面目に読んでいるふうではない。「作らねど菊咲にけり活《いけ》にけり」（これは九月の句であるが）——鏡子は庭に自生した菊の花を折り取って、座敷で生花を始めた。漱石は横になったまま鏡子を見る。矯めつ眇めつ、首を傾げたり頷いたり、何時になく真剣な表情で花を生ける鏡子。軽く鼻歌が口を突いて出る。生け終わると、大きく頷き会心の笑みをもらす。「どう？ きれいでしょ」と、鏡子は得意である。その笑顔は無邪気で可愛らしい。初冬の柔らかな日差しが降りそそいでいる。

この句こそ、「鏡子に対する愛情の濃やかさが、春雨のように人の胸に滲み込む句である」といえるのではないだろうか。

注

（1）長谷川貞一郎（談）「熊本時代の漱石と米山天然居士」は、平成版『漱石全集』別巻「漱石言行録」による。初出は昭和十年版『漱石全集』月報。

（2）漱石が端艇部の部長であった期間ははっきりしない。昭和十年版『漱石全集』第十巻月報の篠本二郎筆「五高時代の夏目君」には「五高に赴任早々龍南會の端艇部長に選ばれて」とある。また、同『漱石全集』第十六巻月報の高原操（談）「師匠と前座」には「明治三十年に初めて五高に端艇部が出來た」とある。
（3）「クラスの懇親会」については、荒正人著・小田切秀雄監修『増補改訂漱石研究年表』松籟社（二〇〇一年刊）による。
（4）高田里恵子著『文学部をめぐる病い——教養主義・ナチス・旧制高校』松籟社（二〇〇一年刊）の「さらば、東京帝国大学」による。漱石に関するこのエピソードは、青木昌吉（漱石の五高の同僚）の「青木昌吉先生回顧談（四）——第五高等学校の思い出」（『独逸文学』一九三八年刊）から引用されている。なお、「部下の教授」とは山川信次郎のことか。山川信次郎は漱石と同年齢だが、大学英文科の一年後輩。一八九七（明治三十）年四月五高に赴任、九月まで漱石宅に寄宿する。漱石は同年十月英語科主任に任命された。
（5）松岡陽子マックレイン著『漱石夫妻　愛のかたち』朝日選書（二〇〇七年刊）の「第二章　祖母鏡子の思い出」による。
（6）湯浅廉孫（談）「乞食の詩が縁」による。「乞食の詩が縁」は昭和十年版『漱石全集』第七巻月報に掲載された。引用は平成版『漱石全集』別巻「漱石言行録」から。なお、漱石夫妻の留守中酒を勝手に飲んだというのが、何時のことなのかは曖昧である。湯浅廉孫は「冬休みに奥さんが先に上京され、後から先生も不在になつ」た時のこととしているが、鏡子が冬休みに上京した事実はない。
（7）「敵は幾万」については、金田一春彦・安西愛子編『日本の唱歌（下）』（「学生歌・軍歌・宗教歌篇」）を参考にした。
（8）昭和三年版『漱石全集』第十九巻月報の八波則吉筆「漱石先生と私」による。
（9）夏目鏡子述・松岡讓筆録『漱石の思ひ出』の「四　新家庭」による。
（10）熊本時代の漱石の俳句は、和田茂樹編『漱石・子規往復書簡集』岩波文庫（二〇〇二年刊）による。
（11）この「俗謡」については、和田茂樹編『漱石・子規往復書簡集』の注による。

一題十五句「恋する女」

合羽町に住んでいた頃、漱石は夕食後一人でよく散歩に出かけ、散歩から帰ると机に向かった。長谷川貞一郎によれば「夜は何かしら始終（ものを）書いて(1)」いたという。夜の闇に包まれて、漱石は授業の下調べをし、俳句を詠み、時には漢詩を作った。また、友人や知人にしきりに手紙を書いた。もちろん専門の英文学の研究も怠らなかった（彼は給料の二割ほどを書籍の購入費に充てていた）。「Xなる人生」に思いを巡らすこともあったに違いない。十月、漱石はだしぬけに一連の恋の句を作る。

初恋〔二句〕

今年より夏書《げがき》せんとぞ思ひ立つ

独り顔を団扇でかくす不審なり

逢恋〔三句〕

○降る雪よ今宵ばかりは積れかし

○思ひきや花にやせたる御姿

○影法師月に並んで静かなり

別恋〔二句〕

◎きぬ〴〵や裏の篠原露多し
見送るや春の潮のひた〳〵に

忍恋〔二句〕

○人に言へぬ願の糸の乱れかな
◎君が名や硯《すずり》に書いては洗ひ消す

絶恋〔二句〕

橋落ちて恋中絶えぬ五月雨
○忘れしか知らぬ顔して畠打つ

恨恋〔二句〕

◎行春を琴掻《か》き鳴らし掻き乱す
○五月雨や鏡曇りて恨めしき

死恋〔二句〕

生れ代るも物憂からましわすれ草
化石して強面《つれ》なくならう朧月

◎や○は子規が付けたものである。この句稿には子規以外の者（誰かは不明）の評点も付いているが、ここでは省いた。

これらの句は、「初恋」から「死恋」に至るまで一題二句を中心に、恋の種々相を多彩に描いた、虚構性の強い題詠である。想像をたくましくすれば、「独り顔を団扇でかくす不審なり」は町娘の恋、「見送るや春の潮のひたくに」は海女の恋でもあろうか。「降る雪よ今宵ばかりは積れかし」など、通い婚時代の恋を思わせる句もある。「橋落ちて恋中絶えぬ五月雨」は、村娘と隣村の若者との恋を詠んだものだろう。「行春を琴掻き鳴らし掻き乱す」はお姫様の恋、「化石して強面なくならう朧月」は、ひょっとして「女狐の恋」(?)か。

これら十五句については様々な解釈が可能である。ただそのほとんどが、女性に仮託して作られた句か女性に寄り添って詠まれた句、という共通点を持っている。第一句目の「夏書《けがき》」とは、元来、僧侶が雨期に室内に籠もって写経をすることをいうが、それが在家に伝わり広まったものについてもいう。だから「夏書」の句には、「傾城の夏書やさしや仮の宿」(榎本其角)というように、女性に関するものも多い。「夏書せんと」思い立ったのが女性であっても、何ら問題はない。また、「絶恋」の二番目の句で「忘れしか」と問いかけているのは女性であり、これも女性の立場に立った句である。

ところで、子規はこの夏(一八九六年夏)以来、「一題十句」という句作の方法を提唱していた。一つの題のもとに十句を作るというやり方である。そして一題十句による「郵便回覧句会」なるものを始めた。その方法はこうである。

毎月題が決められ、句会参加者はそれぞれ十句を詠み、締切り日までに当番幹事のもとに送る。出句者は毎回十数人で、東京とその近郊に住む俳人であった。郵送に時間を要する地方在住者は参加できなかった。幹事が、集まった句を作者名を省き季節ごとに清書して、一冊の句集とする。それを郵便で出句者に回覧する。句集を受け取った者は、二十四時間以内に秀句を選んで次に回す。当時でも東京市内では、朝投函すれば午後には宛先に届いたという。回覧・選句が終わると、幹事が選句結果を朱筆で句集に書き加え、それを再び回覧する。朱入りの句集は最高点を獲得した出句者が貰う、というやり方であった。

この郵便回覧句会は、子規が亡くなるまで続いた。一八九六（明治二十九）年九月の題は「寺」、十月は「はきもの」、十一月は「女」であった。「女」の題で子規が詠んだ十句の中には、「朧夜や女盗まんはかりごと」という句がある。虚子は「軍になれて鮓《すし》賣りに來る女かな」などの句を詠んだ(2)。

漱石は子規庵での月例句会にも郵便回覧句会にも参加できなかったが、中央俳壇の動向には敏感であった。子規が活動の拠点としていた新聞『日本』や雑誌『日本人』を購読していたし、九月二十五日付子規宛書簡では「ちと御閑の節俳壇の様子にても御報知被下たく候」と頼んでいる。したがって、一題十句の提唱や郵便回覧句会の実施についても、漱石は知っていたと思われる。

一題十句の連作方法は新鮮に見えたが、近代俳句の新たな形式を確立しようとするものではなかった。子規は「連俳は文学に非ず」として、連句的な形式には否定的であった。一題十句はあくまでも俳句修業の一方法であり、また、郵便回覧句会は通常の運座（句会）のバリエーションにすぎなかった。だが、子規が「俳句なる者を世間に承認せしめたること日清戦争の日本に於けると異なること無し」（「明治二十九年の俳句界」）と豪語したように、子規の俳諧革新運動は着実に影響力を拡大しつつあった。しかも子規は、この年から翌年にかけて新体詩をさかんに発表し、文学活動の幅を広げようとしていた。佐々木信綱、与謝野鉄幹などの「新体詩人の会」に加わり、九月には病苦を押してその会合に参加している[3]。

漱石はこのような中央俳壇の動きに刺激を受けたにちがいない。しかし、一題十句を試みることはなかった。恐らく一題十句など、作ろうと思えばいつでも作ることができるという思いがあったのだろう。実際、二年後のことになるが、漱石は梅花の題で一挙に百五句（！）を詠んでいる。

恋の十五句において漱石が試みたのは、一連の句を、それぞれの句の独立性を保ちながら、一つの題の下に有機的に統合するというやり方であった。複数の句を有機的に統合することによって、各句のイメージを重層化し、豊富にすることができる——漱石はそう考えたのであろう。

では、なぜテーマは「恋」でなければならなかったのか。漱石は様々考えられるテーマの中から「恋」を選んだ。結婚して半年にもならない漱石の内部に、「恋」を選択せざるをえない何かがあったというのだろうか。もしそうであれば、その「恋」は、漱石研究の興味深いテーマとなったであろう。だがこれらの句は、そうではなく、恐らく郵便回覧句会に触発されて作られたものである。というのは、郵便回覧句会の十一月の兼題は「女」であった。題は一ヶ月前に出句予定者に連絡されることになっていたので、漱石がそれを知っていたことは十分考えられる。漱石は十一月の兼題に応じるかたちで（句会そのものには参加できないが）、一連の句を「女」あるいは「恋する女」として詠んだと思われる。一題十句ではなく、一題十五句になってしまったのだが。

漱石が女性について書いたり論じたりしたことは、それまでほとんどなかった。その数少ない例として知られているのが、一八九一（明治二十四）年、漱石二十四歳の夏、嫂・登世《とせ》（漱石と同じ二十四歳）の死を報告した子規宛書簡（八月三日付）である。その中で漱石は、登世について「夫に対する妻として完全無欠と申す義には無之候へども、社会の一分子たる人間としてはまことに敬服すべき婦人に候ひし」と述べ、「朝貌《あさがお》や咲た許り《ばか》の命哉《かな》」「君逝きて浮世に花はなかりけり」など、悼亡の句（十三句）を披露している。また、同じ頃子規に、「ええともう何か書くことはないかしら。あゝそう〳〵、眼医者へ行つた所が、いつか君に話した可愛らしい女の子を見」て、「思はず顔に紅葉を散らしたね」（七月二十四日付書簡）と会話調で報告しているが、こういうことも漱石にしては珍しいことである。

もう一つある。登世の死の翌年、大学三年生の漱石は『哲学雑誌』十月号に、「文壇に於ける平等主義の代表者『ウォルト、ホイットマン』Walt Whitman の詩について」という、長い

漱石の嫂・夏目登世（日本近代文学館提供）

タイトルの論文を発表した。そこで漱石は、ホイットマンの「平等主義」を大いに賞揚したが、彼の詩を直訳した一節、「女子は行列を組んで市中を練り行く事男子の如くせざる可《べか》らざるの所なり　女子も公会に出入りし男子と共に列座せざる可らざるの所なり[4]」という部分を、次のように批判した。これはホイットマンの「理想上の国」であろうが、「一千年来儒教の空気を呼吸して生活したる我々より見れば少しも感心し難き点もあり殊に女子の行列云々に至つては可笑しき話」であり、そういう、いわば女性の社会的進出は「或点に於ては東洋主義と衝突する」と。

これらのことから若い漱石の恋愛や女性観を再現するのは無理なことだが、漱石研究者の〈探求心〉は並外れている。江藤淳は、『漱石とその時代　第一部』において、漱石が嫂・登世を追悼した句を全て引用したうえで、「俳句はあきらかに金之助の喪失感の深みから生れているのであり、恋をしていたとすれば彼はうたがいもなく死んだ嫂に恋をしていたのである」（傍点は引用者）と断言した。さらに『漱石とその時代　第二部』では、「嫂登世との秘密の恋」は「片思いに類するものではなく、女の側からの愛情の表白をともなうものだった」と推測している。だが、この「秘密の恋」を事実と信じるためには、江藤淳の想像力を「うたがいもなく」信じる以外に方法はない。一方で、漱石が病院で見た「可愛らしい女の子」――小宮豊隆は漱石の初恋の人といっている――について江藤淳は、「女は現実の『恋人』としてではなく、なにかを暗示する象徴として存在していたのである」と、その実在性を否定し、「なにかを暗示する象徴」に格上げしてしまった[5]。

悼亡十三句は江藤淳のイマジネーションを激しく揺さぶったが、その五年後漱石が詠んだ「恋する女」十五句に関しては、彼はそれを黙殺し一言も言及していない。

それは恐らく、「恋する女」十五句が、特定の女性の恋ではなく、一般化された「女の恋」を詠んだものだからであろう。また、それらはほとんどが類型的な恋の情趣を描いたもので、そこに作者・漱石の心の高揚や切迫感が感じられないからでもあろう。これらの句は近代的俳句とは言い難い。子規が◎を付けた「きぬぐや裏の篠原露多し」「君が名や硯に書いては洗ひ消す」「行春を琴掻き鳴らし掻き乱す」の三句にしても、絵巻物や錦絵を見ているようで、切ない恋の情感がこちらに伝わってこない（そう感じてしまうのは、鑑賞のレベルが低いのかもしれないが）。

注

（1）既出の長谷川貞一郎（談）「熊本時代の漱石と米山天然居士」による。

（2）一題十句に関する内容は、一九二八（昭和三）年の『日本及日本人』秋季増刊号（復刻版）に掲載された、大谷繞石筆「十句集のことゞも」などによる。

（3）子規の連俳及び新体詩等に関することは、坪内稔典著『正岡子規』（「第四章　病床時代」）岩波新書

（二〇一〇年刊）を参考にした。

（4）「行列を組んで市中を練り行く」とはデモ行進に参加すること、「女子も公会に出入り」するとは、女性が議会に進出することであろう。

（5）江藤淳の「不倫説」については、『漱石とその時代　第一部』の「13　登世という嫂」、『漱石とその時代　第二部』の「18　創造の夜明け」による。『漱石とその時代』の「第一部」「第二部」は、共に一九七〇（昭和四十五）年に刊行された。

女としてはえらい人

繰り返しになるが、「初恋」に始まり「死恋」に終わる一連の句が、合羽町時代の漱石の実生活に根ざしているとは考えられない。当時漱石の周辺に存在した女性といえば、鏡子を除くと（はっきりしているのは）お手伝いさんのテルぐらいであった。テルは「色の浅黒い二十七、八の女」で「よく忠実に働いてくれるのはい丶が」、「私にまけない大層な朝寝坊」（『漱石の思ひ出』「六　上京」）であった。また彼女は「岩畳な体格をしてゐる癖に臆病で、一人で留守番することを怖がつた」。「何でも八代辺から来てゐたとかいふことで、主人思ひの忠実《まめ》に働く女」[1]であったが、どうやら漱石の恋の句に登場しそうな女性ではなかったようだ。

ただ、江下博彦著『漱石余情』[2]には、漱石の身近に、五高着任から結婚までの短い間だが、もう一人若い女性がいたことが書かれている。菅虎雄の妹・ジュン（当時十七歳）である。ジュンについては原武哲著『夏目漱石と菅虎雄』にも触れられており、一八九五（明治二十八）年九月から十二月まで、熊本の菅虎雄の家から尚絅女学校（現尚絅高等学校）に通学していたのは確実である。彼女は、同年十二月尚絅女学校速成裁縫科を卒業後も、しばらく（正確な期間は分からない）兄と同居していたと思われる。

来熊し借家が見付かるまでの一ヶ月あまり、漱石は菅虎雄宅に寄宿していたが、この間ジュンは漱石の部屋の掃除など、彼の身の回りの世話をした。彼女は「天衣無縫の化身みたいな人」（『漱石余情』）であった。漱石の心に、ジュンが持っている「自分にないものに対するあこがれ」が生じ、それは「ひそかな思慕へと発展」（同前）したという。しかし、これは、『夏目漱石と菅虎雄』でいうように「うがち過ぎの嫌い」がある。ただ、熊本に来た当座、漱石の身近にジュンという個性的な若い女性がいたことは、ほぼ間違いないようだ。

ジュンだけではなく、それまで漱石がかかわった女性たちは美人揃いであった。例えば、日根野れん（漱石の養父である塩原昌之助の後妻・かつの連れ子）がいる。れんの写真は残されていないが、彼女は、漱石が「昔し美しい女を知つて居た」（『文鳥』）と書いた、その「美しい女」である（異説もあるが）。二人は、一八七五（明治八）年末漱石が夏目家に戻るまでの一年あまり、一緒に住んでいた。漱石が八歳、れんは九歳であった。研究者の中には、二十四歳の漱石が眼科病院で再会して「思はず顔に紅葉を散らした」、その「可愛らしい女の子」とは、れんのことであると推定する人[3]もいる。

そのほかには嫂・登世、女流作家・大塚楠緒子《くすおこ》がいる。彼女たちは写真で見ることができるが、共に知性と気品を兼ね備えた美人である。もちろん登世は、江藤淳が漱石との間に肉体関係さえあったとほのめかした、例の「秘密の恋」の相手である。大塚楠緒子は、漱石が鏡子に「俺の理想の美人だよ」と「いらぬこと迄附け加へて話し(た)[4]」という女性で、夫の大塚保治は漱石の学生時代からの親しい友人であった。保治・楠緒子・漱石の関係が、漱石の作品に頻出する三角関係の原体験であるという説[5]もある。

「恋する女」の句を構想しながら、漱石の脳裏に、それまで出会った美しい女性たちの面影が去来したことは、十分考えられる。とはいえ、それはそれだけのことである。彼女たちが、あるいは彼女たちの誰かが、一連の恋の句を作る発火点となったわけではないであろう。漱石のすぐ側には、彼女たちに劣らず魅力的な一人の若い女性がいたのだ。妻・鏡子である。

ところが、鏡子には悪妻のイメージがこびりついている。恐らくそれを決定づけたのは、雑誌『改造』に一九二七(昭和二)年の十月号から連載され始めた「漱石の思ひ出」であった。その連載第一回は、独身時代の漱石が「頭の変になつていた時」のエピソードから始まり、漱石は「追跡狂といふ精神病の一種」を心に隠し持った病人であった、と述べている。これを読んだ小宮豊隆は、「憤然として起」ち「先生の為めの弔合戦と号して[6]」、十年の歳月をかけ評伝『夏目漱石』を完成させた。その中で彼は、漱石が精神病者であることについて「深刻な疑ひ」

を呈し、「漱石の当時の肝癪の根本は、鏡子の無理解と無反省と無神経から来てゐるのである」（「四一　再び神経衰弱」）と鏡子を批判した。

「漱石の思ひ出」に拒否反応を示したのは、弟子たちだけではなかった。『改造』十月号を読んだ永井荷風は、その日の日記に(7)「死後に及んでその夫人たりしもの良人が生前の最《もっと》も好まざりし所のものを敢てして憚る所なし。ああ何らの大罪、何らの不貞ぞや」と書きとめた。筆録者の松岡譲に対しても「女婿松岡某の未亡人と事を共になせるが如きに至つてはこれまた言語同断の至りなり」と怒りをぶちまけている。

「漱石の思ひ出」の雑誌掲載を「大罪」「不貞」と非難するのは穏当を欠くが、確かに鏡子は、悪妻の条件に事欠かなかった。朝寝坊、料理下手、浪費、無神経さ、夫に対する無理解。これらのことは、小宮豊隆らの「悪妻説」を批判し鏡子を弁護する子どもたちも、多かれ少なかれ認めていることである。そこで彼らは母親をかばうためにも、鏡子が「あたまの病気」と呼び、自分たちが「お父様の病気」と呼んだ、漱石の異様な行動と、それに怯える家族の姿を暴露せざるをえなかった。

次は、長女・松岡筆子が書いた「夏目漱石の『猫』の娘(8)」の一節である。

　父は余程神経的に参っていたのでしょう。私や妹のちょっとした仕草――それは本当にささいなことなのですが――が気に喰わないからといっては、突然私達を書斎にとじ込めたり、ぶったりしたものでした。（中略）私達ばかりでなく、母も大方髪でも摑まれて引きずりまわされたのか、父の書斎から髪を振り乱して、目を泣きはらして出てくるのを、私はしばしば見かけたものでした。

漱石夫妻の子供たち（左から、長男純一、四女愛子、長女筆子、次女恒子、三女栄子、次男伸六、円内は五女ひな子）。1915年撮影（野田宇太郎文学資料館蔵『漱石寫眞帖』より）

これは漱石がイギリス留学から帰国して間もなく、「あたまの病気」が最も悪化した頃のことである。漱石三十六歳、鏡子二十六歳、筆子は四歳であった。筆子は「実際、身の毛がよだつような危機が何度もあったのです」とさえ述べている。『漱石の思ひ出』（「五一　二度目の危機」）によると、漱石がお手伝いさんを二人とも追い出してしまったことがあり、それを批判した筆子（筆子は十四歳になっていた）に漱石は暴力をふるった。筆子へのさらなる暴力を恐れた鏡子は、筆子を「矢来の兄さん」（漱石の兄・夏目直矩《なおただ》）のもとに一時避難させたという。

末っ子の夏目伸六は、漱石没後二十周年に当たる一九三五（昭和十）年、津田青楓と新聞記者を前にして、父・漱石について「あれは一種のパラノイヤて奴で機嫌が悪いと堪らないんだ」、「殴る、蹴る、往来でだぜ」、「俺達は自分の所有物位に思つてゐたんだな」、「（最後に倒れて）一週間で死んだが、俺アちつとも悲しくない」などと語っている。[9]

また――、

私は未だに、幼稚園から帰って来たばかりの私と兄に、母が、

「久世山へでも行って遊んでおいで」

と、女中をつけて遊びに出した時のことを覚えている。暗い中の間の仏壇の前で、その時母は何かジッと拝んでいた。家の中はシーンと静まりかえって、コソッという物音一つ聞こえなかった。しかし私はフッと、間《あい》の襖を一つ隔てた隣の書斎に父がじっと虎のように蹲っているのを、心のどこかに意識した。仏壇の前で祈っていた母は、たしかに泣いているようだった。その横顔を微かに流れる涙を見ながら、小さい私も急に悲しくなった。

（『父・夏目漱石』「父夏目漱石」）

このように書き、おまけに、「豊隆さんの如きは、待合や料理屋の払いをどれだけこの母に押しつけたか解らぬほどであり、他にも、母の豊かな頃に、金を借りに来ては、結局そのままになってしまったものも、決して少なくはないのである」（同前「母のこと」）と弟子たちの旧悪を暴露している。

いずれにしても、鏡子は、悪妻か否か（時には愚母か否か）という角度からしか問題にされなかった。気の毒なことに、彼女は〈漱石の妻〉であっても、〈女〉ではなかったかのようである。しかし、彼女は妻であり母であると同時に、当然、一人の女として存在していたのだ。

晩年の漱石をよく知る画家・津田青楓は、「終戦後、ある座談会」で「隣席の某氏から」、「漱石未亡人って、どんな人です」と質問されて、「とにかく、女としては偉い人です」と答えたという。(10) 津田青楓にしてみれば、同席していた夏目伸六への配慮もあり、とっさに「（妻としては）とにかく、女としては——」（傍点は引用者）と応じたのであろうか。だが、「女としては偉い人」という鏡子に対する評価は、決して間違いではなかった。

注

（1）長谷川貞一郎（談）「熊本時代の漱石と米山天然居士」による。
（2）江下博彦著『漱石余情　おジュンさま』西日本新聞社（一九八七年刊）
（3）『夏目漱石——その実像と虚像』の著者・石川悌二。『夏目漱石——その実像と虚像』は、一九八〇（昭和五十五）年明治書院より刊行された。
（4）夏目鏡子述・松岡譲筆録『漱石の思ひ出』の「四　新家庭」による。
（5）小坂晋著『漱石の愛と文学』講談社（一九七四年刊）で詳しく論じられている。
（6）林原耕三著『漱石山房の人々』の「『漱石とその時代』読後」による。
（7）一九二七（昭和二）年九月二十二日の日記。磯田光一編『摘録　断腸亭日乗』ワイド版岩波文庫（一九九一年刊）による。

（8）「夏目漱石の『猫』の娘」は、平成版『漱石全集』別巻「漱石言行録」にある。初出は『文藝春秋』一九六六（昭和四十一）年三月号。
（9）『読売新聞』（一九三五年十一月七日～八日）の「子に映じた父漱石　漱石歿後廿周年に当つて」と題した津田青楓との対談記事による。引用は平岡敏夫編『夏目漱石研究資料集成　第7巻』日本図書センター（一九九一年刊）から。
（10）この問答は、夏目伸六著『父・夏目漱石』の「母のこと」による。

奥さんは型破り

鏡子は、独特の気質を持った個性的な女性であった。長女・筆子は「私の母という人は、大体が細かい神経を持たない人なのですが」という一方で、「あの母だからこそあの父とどうやらやっていけたのだと、むしろ褒めて上げたい位の節が数多くあるのです」と、その「人柄の良さや気風の良さ」を強調している（「夏目漱石の『猫』の娘」）。末っ子の伸六は『父・夏目漱石』において、「牛どし生まれのむっとした、まるで世辞気のないところも、初対面の人間には、はなはだ尊大に見え（た）」が、「こせこせと物にこだわるといった性質が皆無」で、「人に物をやったり、面倒を見たりすることの好きな性分」であったと述べている。孫の松岡陽子マックレインや半藤末利子なども鏡子の人柄について言及しているが、それらは筆子や伸六が述べたことと大差はない。「突拍子もないほど気前がよかった」、「小さいことを全く気にしなかった」(『漱石夫妻　愛のかたち』)。「大ざっぱでがむしゃらで尊大」、「太っ腹で気っ風がよくて周囲の人達にポンポンとものを買い与える」(『漱石の長襦袢』)などである。

また半藤末利子は、六十歳代の鏡子の風貌についてこうも述べている――「ふかふかした部厚く引き擦るほど尾の長い銀狐を襟に巻き、ピカピカの指輪をはめて、そっくり返って高級車で外出する鏡子は尊大そのものに見え」、「『吾輩は猫である』に登場する金田夫人のイメージとどうしても重なってしまう」(同前)と。

林原耕三[1]は『漱石山房の人々』において、「奥さん」は「姐御風であり、陽気なことが好きで」、「金があればぱっぱと使ふが、貧乏すればそれに堪へ得る人であつた」と述べたうえで、「世間の風習や思惑には超然として」いた、とまで言い切っている。この「世間の風習や思惑には超然として」いたという評価は、鏡子に関するあるゴシップ(鏡子四十二歳の頃)にかかわるものである。

先生歿後あまり日を経ない頃に、(奥さんは)女婿の松岡譲君と二人きりで、伊勢参りをかねた近畿地方の旅に上られた。伊勢か紀伊か何処かの宿で、いざ寝ようとすると寝床が一つしか取つてない。どうしたんだ、も一つ敷いて呉れと(仲居さんに)言つても、まともに受け取らないで、敷かうともしない。「冗談じやない、も一つ要るぢやないか」少し声を励まして、二つ取らせた。この話は後年——二、三年前の九日会（漱石の命日の集まり。引用者注）の席上で、松岡君の口から直接聞いたのであるが、かういつた旅を二週間も悠々と続けて帰つて来られた。（『漱石山房の人々』「鏡子夫人」）

娘婿の慌てる様子を、「奥さんはしやあしやあとして面白さうに見て居られたといふ」。ところが、その後しばらくして、林原耕三は豊島与志雄から「奥さんに関する変な噂」を聞く。この「あらぬ噂」は、松岡譲を排斥していた「久米（正雄）のサークル」の中で囁かれていた。

私は憤然として豊島に食つてかかつて、その通俗な噂を否定した。奥さんといふ人はさういふ型破りなのである。世間の風習や思惑には超然としてゐるのである。筆子さんが同伴しなかつたのは乳呑児（長女明子《めいこ》。引用者注）を抱へてゐたからであらう。（同前）

このような〈鏡子らしさ〉が全面開花し、また桁外れの浪費が目立ち始めるのは、漱石没後のことであった。漱石最晩年の弟子の一人である江口渙《きよし》は、「漱石の死後、全集のおかげであんなに入つた金を残らず使ひ果たして家屋敷まで人手に渡したこと」などを取り上げ、「吾々は彼女に於いてブルジョアの悪妻愚妻の集中的表現を見出すことが出来る」[2]と罵倒している。次は、津田青楓の著書『漱石と十弟子』[3]の「女の話」に描かれた、三十歳後半の鏡子と弟子たちとのやりとりである。「木曜会」（漱石の面会日の集まり）で鳥鍋を振るまい、珍しく鏡子も弟子たちの相手をした。書斎には「沢山の顔が先生を取り巻いて二ツに半円を描いてゐた。そして二ツの七輪に鍋がかけられて、いくつかの大皿に鶏肉だの、葱なぞが馬にでも喰はせるかと思ふ程」盛ってあった。

「そちらの鍋に何かお入れなさいよ。割下をいれなさいよ。ぼんやりしてゐるのね。」

さう言う奥さんの声が和やかに響いた。

「津田さん、内田さん（内田百閒のこと。引用者注）と森田さん（森田草平のこと。引用者注）の間にお入りなさい。」

書斎の襖には漱石が描いた未完成の山水画がピンで張り付けてあった。漱石は「先生は此の頃画のことだけ談じてゐれば御機嫌がいいんだ」と言われるほどよく絵を描いたが、津田青楓に「俺は不愉快だから画を描いて楽しむんだ」と言ったという。話題が絵の話になる。

（津田青楓）「先生の山は象の鼻みたいぢやありませんか。」

先生は右の方の目尻を下げ皮肉らしい微苦笑をされた。奥さんが横合ひから、

「勝手なことを言ふわね。」

「象の脚にも見えます。大象小象の鼻が積みあげられて、泥沼に片脚が沈没してゐる……腹に眼がついて……立体派的南画《キユビゼーム》……」

（中略）

奥さんが又

「鈴木さん（鈴木三重吉のこと。引用者注）、小宮さん（小宮豊隆のこと。引用者注）早くおあがりなさいよ。あんなことどうだつていいぢやないの。」

「奥さんは僕に早く飯を喰はせて仕舞ふというコンタンなんですね。」

「何言つてゐるのよ。早くおあがりなさいよ。沢山煮えてゐるぢやないの。早く食べないと小宮さんが皆食べて仕舞ふわよ。」

小宮君がニヤく笑ひ乍《なが》ら

「俺が皆喰つてしまふぞ、早く喰はないと。」

又三重吉君が奥さんへ向き直つて、

「奥さん、先生の一体好きな女て言ふのは紙屋なんですか、鰹節屋なんですか、どつちなんです。」

「どつちだか知らないわよ。先生に訊いてごらんなさい。」

三重吉君は顔をまげて先生の方をぬすみ視して虎の機嫌を偵察した。先生は些し気むづかしいさうな顔つきだつたので、矛先を別の方へ向けた。

突然奥さんが三重吉の矛先をへし折つて、

「死ぬんだくて、今にも死ぬやうなことを言つてきた女の人はどうしたんでせう。」

草平君が、

「もう来ませんか。」

三重吉君が、

「死にたけりや勝手に死ねばいいぢやないか。死ぬくつて夏目漱石へ広告にくることはないよ。」

この話は先生にあまり興味がなささうに見えたので、話は又画のことに戻つて行つた。


引用文における「紙屋」「鰹節屋」とは、それぞれ近所の紙屋、鰹節屋のおかみさんのことで、「木曜会」の雑談の中などで、漱石の好きなタイプの女性ということになっていた。「今にも死ぬやうなことを言つてきた女の人」というのは、『硝子戸の中』に登場する女性（吉永秀）のことであろう。そうだとすると、この「木曜会」は第一次世界大戦勃発の年・一九一四（大正三）年の、十一月から十二月にかけてのことになる。この年は『朝日新聞』に「こゝろ」を連載（四月二十日から八月十一日まで）した年であるが、十年ぶりに深刻化した「あたまの病気」の余燼がくすぶっていた時期であり、また胃潰瘍に苦しみ、子供たちやお手伝いさんを巻き込んだ家庭内の対立が、断続的に繰り返されていた時期であった。鈴木三重吉が「先生の方をぬすみ視して虎の機嫌を偵察した」のは、その反映であろう。

漱石の弟子たちの大多数は、東京帝国大学の卒業生か在学中のいわゆる秀才であった。鏡子はその彼らと堂々と渡り合い、彼らを軽くあしらっている。彼らは適当に鏡子にあしらわれ、鈴木三重吉などはむしろそれを楽しんでいるようにも見える。漱石のもとには〈漱石山脈〉と呼ばれるほどの、すぐれた、多彩な人材が集まった。それは漱石文学の吸引力と漱石の人間的な魅力によるものであろう。だが、もし鏡子が良妻賢母型の堅実な妻であったとしたら、「木曜会」そのものが存在し得なかったのではないか。

「木曜会」の成立前後——寺田寅彦、高浜虚子は別格として——小宮豊隆、鈴木三重吉、森田草平、野上豊一郎(野上弥生子の夫)、松根東洋城など、古参の弟子たちが漱石山房を頻繁に訪ねるようになったのは、もちろん漱石の人間的な魅力があったからには違いないが、おおらかで(あるいは大雑把で)、良妻の枠にはまらない鏡子の存在を無視することはできない。

彼らは漱石宅に泊まり込むことも珍しくなかった。特に、森田草平にいわせると「先生から生まれたような男」(4)である小宮豊隆は、当時漱石宅に入り浸りの状態であった。彼の「明治四十一年の日記から」(平成版『漱石全集』別巻「漱石言行録」)を読むと、「先生のうちにとまる」、「先生のところへ行く。とまる」などという記述が繰り返し出てくる。「奥さんと一緒に牛込亭で、朝太夫(義太夫語り。引用者注)を聴く」(二月十六日)、「奥さんに誘はれて歌舞伎座に行く」(四月十四日)、「奥さんが墓参りをして里に行つたからと言つて見える。夕飯をうちで一緒に食べる」（七月十日）などというのもある。

鈴木三重吉や森田草平は、漱石のことを、陰では「親父」とか「親分」などと呼ぶことがあった。初期の「木曜会」メンバーと漱石夫妻との間には——適切な比喩ではないかもしれないが——相撲部屋風の擬似家庭が形成されており、それには鏡子の個性が大きく与っていた。さしずめ鏡子は、相撲部屋の魅力的なおかみさんという役どころであったろう。彼女はその役割を十分に果たしたし、その意味では、間違いなく彼女は〈良妻賢母〉であった。

弟子たちの集まりは漱石没後も続いた。月命日の九日に集まったので「九日会」と呼ばれ、ほぼ毎月、生前のまま残された書斎と書斎に続く客間、いわゆる「漱石山房」で行われた。会は漱石の死の翌年・一九一七（大正六）年から一九三七（昭和十二）年まで二十年間続いた。多い時は三十名を超える人々が集まったが、最終回の出席者は小宮豊隆、森田草平、津田青楓、石原健生、それに鏡子の五人であった。[5] 参加者は、鏡子が取り寄せた合鴨の鍋をつつき、酒を酌み交わした。「賑やかで華やかで佛事と云ふ感じではなかった」。[6] 発足の頃はみんな若く食欲旺盛で遠慮無く飲み食いしたが、費用は全て鏡子持ちであった。ある時などはさすがの鏡子も、「みんなよく食べるわね。こなひだの川鐵（鳥鍋屋の店名。引用者注）の拂ひが一晩で百圓よ」（同前）と呆れていたという。東京の公立小学校教員の初任給が、十二円〜二十円（『物価の文化史事典』[7]）の頃であった。弟子たちの中には、返すつもりのない（？）借金を申し出る者もいたが、鏡子はそれを拒むことはなかった。鏡子は突拍子もなく〈寛大〉であった。

◀子供は長男純一と次男伸六

▼左から3番目が鏡子（他に安倍能成、野上豊一郎、内田百閒、津田青楓、小宮豊隆、岩波茂雄　芥川龍之介など）

1917年1月9日の第一回「九日会」（野田宇太郎文学資料館蔵『漱石寫眞帖』より）

しかし鏡子は、やはり漱石あっての鏡子であった。鏡子には、エリート揃いの弟子たちを惹き付け一つにまとめる、知的な求心力がなかった。「九日会」は二十年間存続するが、年が経つにつれて、弟子たちの間で、また鏡子と弟子たちの間に徐々に亀裂が生じていった。きっかけになったのは、長女・筆子の結婚問題、そして桁外れの浪費に加えて、株取引や事業に失敗して漱石の遺産を食いつぶしていったこと、さらに『漱石の思ひ出』において、鏡子が漱石のことを精神病者であるかのように語ったこと、などである。

例えば筆子の結婚問題は、芥川龍之介ら『新思潮』の同人たちの足を夏目家から遠ざけることになった。鏡子の浪費は、漱石の信頼の厚かった寺田寅彦らの反感を買い、そのため漱石山房の永久保存計画が頓挫した。「漱石の思ひ出」の雑誌連載は、かつて鏡子が最も可愛がっていた小宮豊隆を立腹させ、評伝『夏目漱石』における鏡子悪妻説の要因をつくった。

だが、このような「九日会」メンバーの分散化や心理的ほころびの責任を、鏡子にのみ押し付けることはできないであろう。恐らく、鏡子の性格や言動のいかんにかかわらず、彼らは「九日会」を離れ、それぞれの個性を発揮しつつ自立し、自己の人生を切り開いていったはずである。鏡子が偉かったのは、弟子たちの反感を買い批判を受けながらも、彼らに対する態度を全く変えなかったことである。『夏目漱石』出版後も、鏡子は、小宮豊隆に対し以前と同じように接した。夏目伸六は「(母・鏡子は)どんな悪口を云われたり、書かれたりしても、それについて、一度たりとも愚痴をこぼしたことがない(8)」と述べている。

注
(1) 林原耕三は「木曜会」のメンバーで、小宮豊隆が結婚した後は夏目家の書生のような役割を担った。漱石から学費の援助を受けたこともある。一時は鏡子のお気に入りでもあった。
(2) 江口渙《きよし》筆「モデル小説　漱石山房の人々」(雑誌『人物評論』一九三三年七月)による。引用は平岡敏夫編『夏目漱石研究資料集成　第7巻』からのもの。
(3) 津田青楓著『漱石と十弟子』芸艸堂(一九七四年刊)
(4) 森田草平著『夏目漱石』筑摩書房(一九六七年刊)の「先生と私」による。
(5) 半藤末利子著『漱石の長襦袢』の「まぼろしの漱石文学館」による。
(6) 内田百閒著『私の「漱石」と「龍之介」』筑摩書房(一九六九年刊)の「九日会」による。
(7) 森永卓郎監修『物価の文化史事典』展望社(二〇〇八年刊)
(8) 夏目伸六著『父・夏目漱石』の「母のこと」による。

漱石のヒロイン鏡子

鏡子は、一九六三（昭和三十八）年八十五歳で亡くなった。漱石没後贅沢三昧の生活を続けていたが、一九四六（昭和二十一）年に漱石全集の版権が切れ、印税による収入が途絶えてしまった。それでも広い家屋敷を持ち（半藤末利子によると、亡くなる頃には敷地は二百五十坪に減っていたが）、お手伝いさんを置いて、三女・栄子に面倒を看てもらいながら、のんびりとした晩年を過ごした。

夏目房之介が父親の夏目純一（漱石の長男）から聞いた話によると、、鏡子は「ときどきとんちんかんなことをいっては子どもたちに笑われた」が、そんな時鏡子は「お前たちは、そうしてばかにするけど、お父さまはばかにしなかったよ。ちゃんと、やさしく教えてくださったよ」と言ったという。(1) また、松岡陽子マックレインの『漱石夫妻　愛のかたち』によると、鏡子の口からは、「漱石がいかに恐ろしく、一緒に暮らすことがどんなに大変であったかなどと、一度も聞いたことがなかった」し、それは「私が幼かった頃のみならず、成長し一緒に暮らすようになっても」変わらなかった。半藤末利子も「漱石に関しての悪口を祖母の口から一度たりと聞いたことがない」（『夏目家の糠みそ』(2)）と述べている。

祖母はお世辞を言ったり、自分をよく見せるために言葉を弄したり蔭で人の悪口を言うこともなかった。あれほど悪妻呼ばわりされても、自己弁護をしたり折をみて反論を試みようなどとはしない人であった。堂々と自分の人生を生きた人である。

いつか二人で交わした世間話が、漱石の門下生や、鏡子の弟や二人の息子や甥達に及んだ時、

「いろんな男の人をみてきたけど、あたしゃお父様が一番いいねぇ」

と遠くを見るように目を細めて、ふと漏らしたことがある。

また別の折には、もし船が沈没して漱石が英国から戻ってこなかったら、

「あたしも身投げでもして死んじまうつもりでいたんだよ」

と言ったこともある。何気ない口調だったが、これらの言葉は思い出すたびに私の胸を打つ。筆子が怖い怖いとしか思い出せなかった漱石を、鏡子は心の底から愛していたのであろう。

（『夏目家の糠みそ』「母のこと・祖母のこと」）

漱石死後二十年、三十年の歳月の流れは、「ほとんど破滅的な夫婦生活(3)」とさえいわれることもある、漱石との夫婦生活の陰の部分を、すっかり洗い流してしまったのであろうか。お嬢さん育ちの十八歳の少女が、慣れ親しんだ日常から引き離され、身寄りの全くない九州の地方都市で暮らすという結婚生活の出発点からして、人が想像する以上の苦労があったに違いない。

しかも夫・漱石は「徹頭徹尾、書斎の人」であり、「茶の間の人でなかった」[4]。その「書斎」と「茶の間」との亀裂は、英国から帰国後の数年間に最も深まり、その後沈静化していったものの、結局、最後まで完全に埋まることはなかった。それでも鏡子は、「あたしゃお父様が一番いいねぇ」と言ったという。これが半藤末利子の創作でないとすれば——その頃の鏡子に、ある程度の記憶の風化や歪曲があったにしても——それは、夫婦生活が「ほとんど破滅的」ではなかったことを示しているであろう。

鏡子は、中年になると太り気味であったが、「色白できめ細かな肌」[5]をした美人であった。松岡陽子マックレインは、鏡子に関する次のようなエピソードを書き残している（彼女は敗戦直後の数年間、祖母である鏡子と同居していた）。

祖母と住んでいた時、漱石の昔のお弟子さん（松浦嘉一氏だったと思う）が訪ねて来たことがあった。彼が私に、「お祖母様にそっくりですね」と声をかけたら、祖母が「私が若い時は陽子よりずっと美人でしたよ」と言ったので、松浦さんは苦笑しておられた。

（『漱石夫妻　愛のかたち』「第二章　祖母鏡子の思い出」）

このエピソードは「お祖母ちゃまったら随分自惚れているわね」と笑い話の種になったが、松岡陽子マックレインは、「祖母のお見合い写真が残っているが、本当になかなかの美人で、漱石がその写真を気に入ったという説には納得できる」（同前）と、鏡子の「自惚れ」を受け入れている。

鏡子は、結婚し四人の子持ちになっても、若々しく魅力的であった。森田草平は、初対面の鏡子（二十九歳）が「どうも若過ぎ」て、「先生の奥さんじゃないような気がした」[6]ので、ろくに挨拶もしなかったと回想している。四人の子持ちの鏡子を独身女性と勘違いしたようだ。

三十歳代になっても、鏡子の魅力は衰えなかった。「奥さんは浴後など、いつも鏡の前に坐つて、薄化粧をする。さうすると、ぐつと若くもなり、美しくなり、ちよつと艶になる。（中略）私が鎌倉に子どもさんたちを預つて一夏を過ごした時（鏡子三十五歳。引用者注）、ときどき泊りがけで見えたが、その際に度々それを見た」というのは、林原耕三の回想（『漱石山房の人々』「鏡子夫人」）である。林原耕三はこの文章の後に、「奥さんが、これをコケットリーに結びつけて、それをほどほどに先生に示したならば、恐らくいい結果があつたであらうに」と付け加えている。

34歳の鏡子（日本近代文学館提供）

鏡子によると、松山時代の漱石にはいろいろ縁談が持ち込まれ、中には見合いが実現したものもあった。漱石は、当時としては数少ない〈学士さま〉であり、学問・教育界における超エリートであったから、見合いの相手に困ることはなかったであろう。そんな漱石があえて結婚相手に鏡子を選んだのは、鏡子がそれだけ魅力的だったからであり、漱石が鏡子に強く惹きつけられたからであるに違いない。

だが結婚生活ともなると、男と女は、相互に全人格をさらけ出さざるを得なくなる。そして、強く惹かれ合う男女であればあるほど、自己を百パーセント受け入れることを相手に要求する。「自己の個性の発展を仕遂げやうと思ふならば、同時に他人の個性も尊重しなければならない」（講演「私の個人主義」[7]）と、近代的個人主義の原理を主体化したはずの漱石も、精神の基底に『女大学』的な女性蔑視の心情を蓄積していた。「女ノ智慧ハ一日ノ智慧デアツテ、根本的ニハ本能性デアル。ダカラ女ノ智慧ヲ猿智慧ト云フ」（「断片」一九〇六）年と鏡子への怒りをぶちまけている。また、自伝的小説『道草』（七十一）では主人公の健三に託して、「夫の為にのみ存在する妻を最初から仮定して憚からなかつた」と述べ、「あらゆる意味から見て、妻は夫に従属すべきものだ」という夫・健三の考え方が、「二人が衝突する大根《おほね》」であったと、夫婦対立の根本原因を分析している。もちろん、『道草』における健三夫妻は、現実の漱石夫妻とイコールではない。漱石は「夫の為にのみ存在する妻」であることを鏡子に求めなかったし、「あらゆる意味から見て、妻は夫に従属すべきものだ」と考えるほど単純な人間ではなかった。それでも漱石の作品を読めば、漱石の内部に『女大学』的な女性観が沈殿していたことは、容易に感じとることができる。それは日常生活の場面でも、しばしば顔を覗かせることがあった。

例えば、第一章でも述べたが、結婚早々漱石は、「俺は学者で勉強しなければならないのだから、お前なんかにかまつては居られない。それは承知してゐて貰ひたい」と鏡子に「宣告」を下した[8]。鏡子の中に自己と対等な人格を認めていたのなら、「かまつては居られない」などという高飛車な言葉は出て来ないだろう。この言葉には漱石流の新妻への心配り（自分には学者としての仕事があるので、申し訳ないが夫婦二人だけの時間を十分持つことはできない、という意味）があると同時に、それは鏡子を、家父長制的な家族関係の中に押し込めておくことを「宣告」した、という意味を持つ。漱石も鏡子も、その「宣告」の重みに無自覚であったが、無自覚であったためにかえって、二人が『女大学』的なものの残滓を克服することを妨げ、夫婦間の相互理解を困難にする条件を形成した。

一方鏡子は、夫に対してしっかり自己を主張し、夫であるが故に夫に従うということはなかった。だが、「男の便益のために造られた古き道徳、法律を破壊しやうと願ってゐる」（平塚らいてう「新しい女」[9]）と敢然と男社会に歯向かった、いわゆる「新しい女」ではなかった。おおらかな家庭環境と欧化主義の風潮の中で少女時代を過ごしたとはいえ、鏡子の精神は家父長制的家族制度の桎梏から自由ではなかった。彼女は、子どもの教育には無頓着で学校の成績にも全く関心を示さなかったが、「（子どもたちが漱石に）必ず、毎朝、『行って参ります』と、きちんと挨拶するように、きびしく云いつけ」ていた[10]。漱石が修善寺の大患後の療養生活を終えて帰宅した時なと、長女・筆子（当時十二歳）と次女・恒子（当時十歳）は、「深々と頭を下げて『お帰りなさいませ。お加減はいかがでいらっしゃいますか』などという風に」「他人行儀な言葉を使って」挨拶をした(11)。こういう家父長・漱石の権威づけは、晩年にはタガが緩むが、基本的には厳格に維持されたようだ。

漱石は長い間――『道草』において自己解剖を深めるまで――自己の内部に巣くう『女大学』的なものの残滓に無自覚であった。そして、それが「あたまの病気」と重なると、夫婦の対立はより一層混迷を深めた。それでも、熊本時代の漱石にはまだ、鏡子を「お前はオタンチンノパレオラガスだよ」とからかってすますだけの余裕があった。『道草』の夫婦のように、「女の癖に」「いくら女だつて」というむき出しの対立に至ることはなかった。むしろ漱石は、鏡子に対して寛大でさえあった。

「お前の朝寝と来たら、誠に不経済で、第一見つともないこと此の上なしだ。」

「しかし一二時間余計にねかせてくだされればそれで一日いゝ気持で何かやります。だから無理をして早く起きていやな気持で居るより、よつぽど経済ぢやありませんか。」

すると夏目が申します。

「又理屈をつけて四の五のいふが、お前のやうな細君は旦那一人だからそれでもつとまるやうなもの、、若《も》し姑があつたらどうするつもりだ。つとまりつこないぢやないか。」

「その時はその時で、外の方でちやんと埋め合はせをつけて、私でなければ夜も日もあけないといふ風にしてみせます。」

私も負けて居ません。と夏目がこんなことを申します。

「お前はそれでい丶かも知れないが、第一お前の寝坊でおれがどれだけ時間の不経済をやつてるかわからない。おれは一時間も前から目をさましてゐるんだが、細君より先に床を離れるのは不見識だから、お前が起きる迄床を離れない。これを長い間に見積もると大変な損害だ。」

しかしかうしたお小言も毎々のことではありましたが、たうとう死ぬ迄この朝寝坊ばかりはなほりませんでした。

（『漱石の思ひ出』「一四　筆の日記」）


このやりとりは、夫婦喧嘩というより、朝寝坊の経済性に関する夫婦間の〈論争〉でもあるかのようだ。後年の漱石夫妻の対立においては、漱石の一方的な攻撃に対し鏡子は無抵抗・不服従の沈黙で対抗したため、論争や口論が成立しなかった。それがさらに漱石の怒りに火を付けることになったが、五高時代の漱石は、鏡子を辛抱強く説得しようとしている。漱石からすれば、「朝寝坊を改めよ」という夫の正当な要求に妻は当然従うべきであり、筋道を立てて説明すれば鏡子は納得し、朝寝坊はそのうちに改まると考えたのであろう。漱石の辛抱強い〈説得〉は、一万キロを隔ててイギリス留学中も続いた。漱石は次のように書き送った——

「夜は十二時朝は九時十時迄も寐るよし　夜はともかく朝は少々早く起きる様に注意あり度し（中略）九時か十時迄寐る女は妾か、娼妓か、下等社会の女ばかりと思ふ　苟《いやしく》も相応の家に生れて相応の教育あるものは斯様のふしだらなものは沢山見当らぬ様に考へらる[12]（以下略）」と。説教調の〈説得〉は延々と続き、字数は引用の四倍を超えた。

しかし、「たうとう死ぬ迄この朝寝坊ばかりは」改まらなかったし、鏡子に改めようとする意志はあまりなかったようだ。「お小言も毎々のこと」であったのに、「（朝寝坊の方が）よっぽど経済ぢやありませんか」、「外の方でちやんと埋め合はせをつけて、私でなければ夜も日もあけないといふ風にしてみせます」と鏡子は強弁する。松岡陽子マックレインは、朝寝坊は鏡子の体質からきたものだと同情的であるが、仮にそうだとしても、鏡子の〈反論〉に軍配を上げることはできない。詭弁を弄して自己の弱点を糊塗しようとしているといわざるをえない。実家にいる時はこんなわがままを押し通すこともできたかもしれないが、熊本にはわがままを受け入れてくれる家族も、相談相手になる親しい友人もいなかった。しかも、唯一頼りにすべき夫・漱石は「徹頭徹尾、書斎の人」であった。

若い鏡子には、漱石に対する――深い情愛を潜ませながらも自分にかまってくれない夫・漱石に対する――反発と甘えがあったと思われる。朝寝坊についての鏡子の自己中心的な自己弁護は、漱石の優しさを引き出そうとする甘えの裏返し的表現でもあった。

漱石は熊本時代、鏡子の反発や甘えに作為や偽善を感じない限り、家長の権威を振りかざして高圧的な態度に出ることは、ほとんどなかった。だが鏡子のヒステリー発作だけは、漱石の理解と受容の範囲を超えるものであったろう。

熊本で新婚生活を送るうちに、漱石は、鏡子に惹き寄せられる一方で、彼女の中に〈女の不可思議〉を感じ始めたのではないか。〈女〉という広大な未知の世界が存在することを、漱石は認めざるを得なかった。「Xなる人生」は、なお一層複雑さを増し謎を深めた。

かつて漱石の前に現れた女性たち——嫂・登世、日根野れん、大塚楠緒子など——彼女たちは、容姿においても人間性においても、漱石の心に美しい像を結び、思い出の中に生き続けた。それができたのは、恐らく漱石が、彼女たちとの間で激しい自我のぶつかり合いを体験しなかったからである。彼女たちと漱石との関わりは、その程度のものであったということなのであろう。また仮に、漱石が彼女たちと恋愛関係にあったという説に従うとするなら、漱石はどの場合も三角関係の当事者であったから、恋敵に対する燃え上がる敵意と嫉妬は、その反動として恋人たちの理想化を促したであろう。失われた恋人たちは美しさを増していく。

一過性の女性たちと違って、妻・鏡子はデフォルメを許さない。漱石は鏡子を直視し、彼女に正面から立ち向かわざるを得なかった。だが、鏡子のヒステリーの発作は漱石にとって全くの謎であったし、ヒステリー発作に象徴される〈女の不可思議さ〉を解き明かす手がかりを、熊本の漱石は持ちあわせていなかった。

〈女〉について考えをめぐらす時、漱石は立ち往生の状態であっただろう。彼にできることは、俳句の世界に自己を韜晦することぐらいであった。彼の想いは、鏡子をくぐり抜け、様々な女性たちの間を揺曳し、郵便回覧句会の兼題に触発されつつ、あの「恋する女」の十五句を生んだ。それらの句は美しく彩色されていた。しかし（「だから」というべきか）、当然のことながら、〈女の不可思議〉に肉薄するには至らなかった。

注

（1）夏目房之介著『漱石の孫』実業之日本社（二〇〇三年刊）の「漱石夫人のラブレター」による。

（2）半藤末利子著『夏目家の糠みそ』ＰＨＰ研究所（二〇〇〇年刊）の「母のこと・祖母のこと」による。

（3）宮井一郎著『漱石の世界』講談社（一九六七年刊）の「『道草』論」による。

（4）森田草平筆「家庭に於ける漱石先生」による。引用は平成版『漱石全集』別巻「漱石言行録」から。初出は雑誌『女性改造』（一九二四年五月）。

（5）半藤末利子著『漱石夫人は占い好き』ＰＨＰ研究所（二〇〇四年刊）の「ありがたい遺産」による。

（6）森田草平著『夏目漱石』筑摩書房の「漱石と寺田博士」による。

（7）「私の個人主義」の講演は、一九一四（大正三）年十一月二十五日学習院で行われた。学習院の学生組織「輔仁会」から依頼されたものであった。一九一五（大正四）年三月、『孤蝶馬場勝弥氏立候補後援　現代文集』（実業之世界社刊）に掲載された。本書における引用は平成版『漱石全集』から。

（8）夏目鏡子述・松岡譲筆録『漱石の思ひ出』の「三　結婚式」による。

（9）堀場清子著『青鞜の時代――平塚らいてうと新しい女たち――』岩波新書（一九八八年刊）の「7　自分は新しい女である」による。

（10）夏目伸六著『父・夏目漱石』の「父・臨終の前後」による。

（11）松岡筆子筆「夏目漱石の『猫』の娘」による。

（12）一九〇二（明治三十五）年五月十四日付鏡子宛書簡。

第三章　漱石と小天温泉の女

『草枕』のヒロインのモデル前田卓子
（熊本県天水町「草枕交流館」提供）

鏡子「自殺未遂」

熊本の街に、五高教授の奥さんが白川に身を投げたという噂が流れた。その五高教授とは夏目金之助（漱石）のことである。彼が鏡子と結婚し、二年を過ぎた初夏の頃であった。噂は噂にとどまりスキャンダルとして公然化することはなかったが、後年漱石が作家として有名になったこともあり、五高関係者の間で語り継がれていった。

娘婿の松岡譲がこの噂を知ったのは、一九二八（昭和三）年のことであった。この時彼は、ほぼ三十年ぶりに熊本を訪れた鏡子に付き添って、熊本市内の旅館にいた。

と、野々口教授（漱石の同僚であった五高教授。引用者注）が急に声を細めて、「貴方お一人になったから申し上げますが、先生の奥様（鏡子のこと。引用者注）が、最初流産されてからヒステリーになられ、たしか貴方の奥さんが（筆子さんとおっしゃいましたね）胎中《おなか》に居られる時に、それが昂じて白川に入水されて大騒ぎしたことがあります。それ以来、先生は夜床をならべて寝る時、双方の手首を細紐で結んでおやすみになったという事です。幸に先生の親友菅虎雄さんや山川信次郎さんの奔走で警察や新聞社に頼み込んで口止めされたので、世間には広がりませんでしたが、先生仲間では有名な話だったのです。」
（『ああ漱石山房』[1]「漱石のあとを訪ねて」）

この野々口教授の話は松岡譲にとって全くの初耳であったが、言葉には真実味がこもっていた（実際には、いくつかの事実誤認が含まれていたのだが）。話を聞いた松岡譲は、鏡子が入水したという噂を、事実と受けとめた。しかし、義母・鏡子に配慮したのであろう、一九四二（昭和十七）年の『漱石・人とその文学』において言及するまで[2]、十年以上も、これを公表することはなかった。

入水事件当時の生存者の証言としては――これは鏡子の死後になって刊行されたものであるが――山崎貞士著『熊本文学散歩』大和学芸図書（一九七六年刊）に、次のような記述がある。

筆者はこのことについて、生前の野口寛先生（旧制熊本中学校初代校長）から、直接お聴きしたところでは、ある朝早く、白川沿いの道を散歩していたら、向うの方から一台の人力車にのって来る御仁があった。見ると顔馴染みの浅井栄凞氏である。早々何処に行くかと訊ねると、夏目の家内が白川にとび込んで危く助かったが、新聞にでも出たら体裁がわるいので記事にせぬために社（九州日々新聞社と思われる。浅井栄凞は同社にコネがあった。引用者注）に行く途中だとの返事だったよし。先生はまだ当時は、済々黌《せいせいこう》（現済々黌高等学校の前身。引用者注）におつとめで、御自宅は新屋敷（?）辺で、出勤前に白川端を散歩するのがならわしだったようなお話であった。（『熊本文学散歩』「夏目漱石と熊本」）

このように入水事件の噂は語り継がれていったが、これを初めて社会的に明らかにしたのは小宮豊隆であった。彼は一九三八（昭和十三）年、岩波書店刊の『夏目漱石』（「三二　結婚生活」）の中で、「当時熊本では、鏡子が井川淵で身を投げたという噂が立っていた。これが事実であったことは、その後、漱石に近親したいろんな人の口から証言されている」と書いた。続けて、「この事件が当時新聞の三面記事にならず、従って一種のスキャンダルとして世間にぱっとならずに済んだのは、当時五高の舎監をしていた、熊本の人、浅井栄凞の尽力によるものなのだそうである。浅井栄凞は熊本見性寺の葆岳や松雲の弟子で、禅の方面で相当できた人だったというが、これが菅虎雄を通じて漱石と知り合っていたので、漱石のために大いに奔走したのだという」と述べている。事件の時期については、野々口五高教授の証言と違って「明治三十一年六、七月のころ」、つまり、鏡子が筆子を懐妊する以前のことと推定した。

鏡子の入水事件（投身自殺未遂事件）については、この小宮豊隆の記述内容が現在も受け継がれ、ほぼ定説化している。『増補改訂漱石研究年表』にも同様のことが書かれており、そこに付け加えられた新たな事実といえば、鏡子を白川から救い上げたのは「舟に乗って投網の漁に出ていたかざりや（ブリキ職）松本直一」であったというぐらいのものである。『夏目漱石と菅虎雄』には、入水の場所を含め事件の前後の事情が詳しく記述されているが、基本的な内容は、『増補改訂漱石研究年表』と大差がない。

長い間、二十一歳の若妻・鏡子が投身自殺を企てたことを疑う研究者はほとんどいなかった。ただし、自殺未遂に至る経緯や原因については不明な点が多く、例えば荒正人は「鏡のヒステリーだけとは云えまい。複雑な原因があったかと想像される」[3]と述べるにとどめた。江藤淳も「鏡子がなんの幻影にさそわれて、雨季の濁流が滔々と流れる白川に投身したのかはわからない」[4]と述べただけで、深く追究することをしなかった。一般には、前年の流産とそれが誘因となった激しいヒステリーの発作が影響しているといわれる。ところが、その鏡子のヒステリーを根拠に、大岡昇平は「狂言自殺」説を提起した。以下は、彼の著書『小説家夏目漱石』[5]から抜粋し要約したものである。

大岡昇平は、「ヒステリーと自殺未遂に関する部分は」「作家であり精神科医でもある加賀乙彦氏」および「ユンギスト臨床医の三木アヤ氏の教示による」と補注で断った上で、「ヒステリー患者に自殺未遂の例はないのです」と断言する。そして、「朝のことですから、下流に漁師が出ているのを見て、助けられるのを予期しての狂言自殺であれば、ヒステリーの患者にはあり得るのです」、「ヒステリー患者が暴れるのは芝居なのです」と展開し、「古い先輩の愛人のヒステリーの話」を例に挙げて自説を補強している。

その先輩（小林秀雄のことと思われる。引用者注）は路面電車が来るところへ愛人[6]に突飛ばされた、といっている。ところが愛人の方に聞くと、電車との距離を見はからっていて、危険はないと見きわめて突飛ばしたのだ、という。ひどいものです。

（『小説家夏目漱石』「『自伝』の効用──『道草』をめぐって」）

また、大岡昇平は「狂言自殺」の背景についても言及し、「投身自殺自体にはたいして問題はないのですが、漱石は学問にこり固って、鏡子夫人にあまり構わなかったのではないかと思われる。すると鏡子夫人は、自分はただ父の地位と金のために貰われたので、夫は自分を愛していないのではないか、と思う。それらの不満が重なったのではないか、と思います」と推測している。

大岡昇平の主張の要点は、自殺未遂事件といわれるものは鏡子の「狂言」であり「芝居」であって、意図的な自殺の企てではないということであった。これは小宮豊隆以来の定説を覆すものであるが、鏡子の入水がヒステリーの発作に誘発されたものだとすれば、むしろ、大岡昇平の主張の方が真実に近いと思われる。

ヒステリー（転換性ないしは解離性障害）の症状は、傍に誰もいない場合はめったに出ることはなく、他人の前で——特に自分を保護したり、同情してくれたりする人の前で顕著に——現れるのが普通である。そのような、自己を大きく左右する力を持った他者の存在しないところに、ヒステリーの発病はないといわれる。またヒステリーが、〈愛情希求〉の歪曲された身体的表現であるということは、精神分析医だけでなく、精神科医がしばしば指摘することである。だから、ヒステリー患者は非致死性の自傷行為に及ぶことはあっても、ヒステリー以外の要因があればともかく、大岡昇平のいうように自己を全面的に否定する自殺へ向かうことはない。

鏡子の場合とは時代的にも社会的背景においても大きく異なるが、かつての英国皇太子妃・ダイアナが夫・チャールズに示したヒステリー的自傷行為や過食症は、「鏡子狂言自殺」説の傍証となるであろう。以下、ダイアナ妃の自傷行為に関する記述は、林直樹著『リストカット』講談社（二〇〇七年刊）などを参考にしたものである。

ダイアナ妃の自傷行為は一九八一（昭和五十六）年の結婚直後から始まっていた。そしてそれは、ほとんどの場合皇太子の面前で行われた。ダイアナ妃はチャールズ皇太子と侯爵夫人・カミラとの関係を疑っていたのだ（皇太子は結婚後もカミラと不倫関係を続けていた）。ダイアナ妃は、ガラスの陳列棚に体を打ちつけたり、カミソリやレモンスライサーやペンナイフで自分の体（手首・胸・腿）を傷つけたりした。また、激昂し「自殺をする」と言ってしばしば

昼寝をする漱石▶

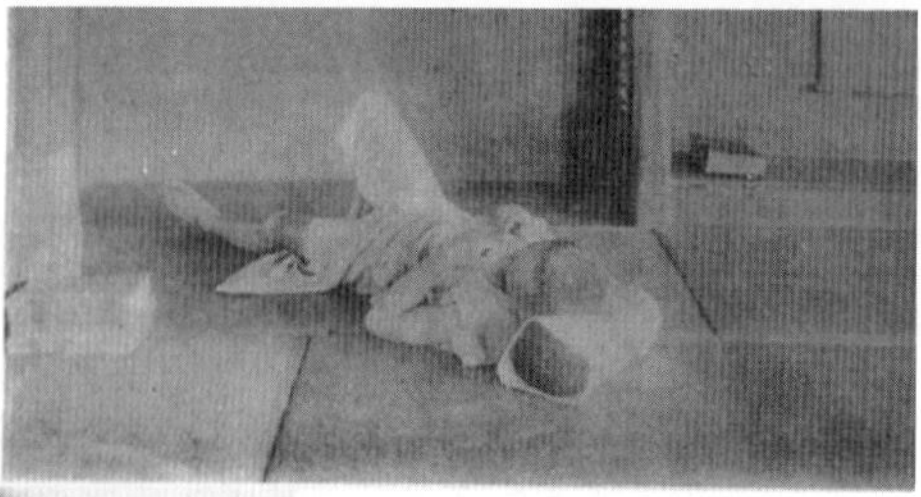

◀鏡子が「事件」を起こした井川淵の家

（野田宇太郎文学資料館蔵『漱石寫眞帖』より）

皇太子を脅し（こんなことは百年前の鏡子にはなかった）、実際何度か「自殺」を試みたことがあったという。ウィリアム王子を妊娠中には、宮殿の階段の上から身を投げたこともあった。幸いなことにダイアナ妃は軽い負傷ですみ、お腹のウィリアム王子も無事であったのだが。

一九九五（平成七）年ダイアナ妃は、BBCテレビのインタビューの中で自傷行為を公にし、「心が痛かった。私は心でなく体を傷つけたの。なぜかって？　私は誰かに助けてほしかったの」と語った。ダイアナ妃が、「助けてほしかった」と救いを求めた「誰か」とは、もちろんチャールズ皇太子であった。しかし皇太子は――熊本時代の漱石と違って――「ダイアナは問題をデッチあげている」と決めつけ、ダイアナ妃を無視し続けた。結局二人の関係は、一九九六（平成八）年離婚という形で決着を見ることになった。

大岡昇平が提起した「狂言自殺説」は、ヒステリーに関する精神病理学的知識を援用すれば、容易に導き出される結論である。ただし、鏡子のヒステリー（愛情希求行為）は、小林秀雄の愛人やダイアナ妃のそれのように攻撃的ではなかった。いわば古典的なヒステリーであった。また、小林秀雄は愛人（長谷川泰子）のもとを逃げ出し、チャールズ皇太子はダイアナ妃を無視し続けたが、漱石は違った。彼は鏡子のヒステリーを真正面から受けとめた。鏡子のヒステリーが攻撃性を持たなかったのは、あるいはそのためであったのかもしれない。

「ヒステリー患者に自殺未遂の例はない」という前提に立ち、その主張を、推測をまじえてさらに一歩進めると、鏡子の入水は「狂言自殺」でさえなかった、ともいえる。例えば、次のような場面が現実味を帯びてきはしないだろうか。

一八九八（明治三十一）年梅雨期の早暁、漱石は夢うつつに雨戸の開く音を聞いた。意識が明瞭になるにつれ、水量を増した白川の波音が耳元に聞こえてくる。夜明けの早い季節とはいえ、寝室の中は暗い。しかし漱石はすぐ気づいた、鏡子がいない！

鏡子は、寝間着姿のまま白川の汀を歩いていた。朦朧状態であったが、もう一人の自分がその自分をちゃんと見ていた。彼女には、下流で網打ちをしている人たちに助けられないリスクを冒してまで、「狂言自殺」を実行するつもりはなかった。また、間もなく夫が自分を追ってくると信じていた。果たして、裸足で走ってくる夫の足音が聞こえてきた。鏡子はほほえみ、振り返ろうとすると同時に、足を滑らせる。バランスを失った彼女の身体は濁流の白川へ

――。

あっという間の出来事であった。浮きつ沈みつ流されていく鏡子。パニック状態の漱石。幸いなことに鏡子は、たまたま下流で投網をしていたブリキ職人の松本直一らに救助された。鏡子を家に連れて帰ると、漱石は急いで俣野義郎と土屋忠治（共に五高生で夏目家の書生）を走らせ、狩野亨吉（当時五高教頭）、山川信次郎、浅井栄凞等、信頼の置ける友人たちに連絡を取り、善後策を協議した（ただこの時、菅虎雄は病気休職中で熊本にいなかった）。そして直ちに、浅井栄凞を中心に、新聞種になるのを防ぐための工作が開始された。

このようにイメージしてくると、鏡子の入水は「事件」ではなく、「事故」であったとも考えられる。

しかし事故ではあってもスキャンダルには違いない。噂には尾ひれが付き、投身自殺未遂事件として広まっていった――。

いずれにしても、もしこの井川淵での「事件」が意図的な自殺未遂であったのなら、漱石の結婚生活は、二年足らずで崩壊していたということになるだろう。しかし、実際はそうではなかった。漱石夫妻の生活はすぐ平静さを取り戻したようだ。六月も七月も（入水事件はこのどちらかの月に起こったと推定されている）漱石は一日も学校を休まず、生活のリズムを乱すことはなかった。「事件」後すぐ鏡子は妊娠し、九月からは悪阻が始まった。翌年五月三十一日、長女・筆子が誕生する。

だからといって、漱石に「事件」のショックがなかったはずはない。ほぼ毎月欠かさず送っていた子規宛句稿が——俳句を詠む心の余裕がなかったのか——六月から八月までの三ヶ月間は中断している。夏休みには座禅を組んだりしたが、下痢気味で体調はよくなかった。これも「事件」の余波なのかもしれない。

注

（1）松岡譲著『ああ漱石山房』朝日新聞社（一九六七年刊）

（2）松岡譲は、その著『漱石・人とその文学』（潮文閣）の「第五章　新家庭」の中で、「鏡子が猛烈な悪阻をやつてヒステリーを起こし、たうとう一夜白川に身を投げた事さへあつたといはれてゐる。幸ひに五高の事務に居た浅井といふ人の取りなしで、危く新聞の三面記事になるところを揉み消したものであつたさうだ」と書いた。

（3）荒正人著・小田切秀雄監修『増補改訂漱石研究年表』集英社（一九八四年刊）による。

（4）江藤淳著『漱石とその時代　第二部』の「1　事件」による。

（5）大岡昇平著『小説家夏目漱石』ちくま学芸文庫（一九九二年刊）

（6）「愛人」とは、中原中也のもとを去り小林秀雄の愛人となった、長谷川泰子のことだと思われる。大岡昇平は、評伝『在りし日の歌』角川書店（一九六七年刊）の中に、「泰子の不安は小林への憎悪となって現れることもあった。走って来るバスの前へ、いきなり突き飛ばした」と書いている。

結婚二年、五月の危機

一九九六（平成八）年、漱石来熊百年を記念して「くまもと漱石博」が盛大に開催された。熊本近代文学研究会も記念行事の企画・運営に積極的に加わり、また、研究誌『方位』第十九号を「熊本の漱石」のタイトルのもとに刊行した。その中に「夏目漱石関係旧制第五高等学校資料について」という調査報告書がある。調査の対象となったのは十五種類の書類であるが、それらの一つに、一八九六（明治二十九）年から一九〇〇（明治三十三）年までの「職員出欠調」というのがある。月ごとの五高職員の出欠統計表である（ただし、記載されているのは欠勤の日数だけで、日にち・曜日の記録はない）。

それによると、四年三ヶ月間の五高在任中、漱石が休暇を取ったのは合計二十日間であった。年平均四・五日、月平均〇・四日にあたる。結婚や忌引を含めて欠勤した月は九回あり、残りの四十二ヶ月は休みなしで働いている。ところが、入水事件が起きた一八九八（明治三十一）年の五月には、何と一ヶ月に七日も欠勤しているのだ。結婚式を挙げた月（二年前の六月）にも三日しか休んでいないことからすると、異例の多さである。

このことから、「職員出欠調」を調査したメンバーの一人・村田由美は、「国文學解釈と教材の研究」[1]において、「『職員出欠調』を見れば一目瞭然、その事件（鏡子の入水＝自殺未遂事件のこと。引用者注）は五月に起こった」と述べた。また彼女は、「この年は空梅雨だったことが新聞からもわかる」と書いて、空梅雨であったことを、暗に「事件」五月説の根拠の一つにしている。

村田由美が空梅雨へ言及したのは、当時漱石夫妻が住んでいた井川淵町付近の白川の水位が、普段は低く（一メートルに満たない）、水量が増す梅雨期以外には（空梅雨であれば梅雨の時期でも）、投身自殺を企てるのは不可能だと思われるからであろう。しかしこの年の梅雨期（六、七月）は、降雨日は少なかったものの、雨量が極端に少なかったわけではなかった。気象庁の気象統計情報[2]によると、六月の雨量は三一一・五ミリ、七月は二三二・一ミリであった（ちなみに五月の雨量は二五八ミリで六月より少ない）。六月四日には一日で一一八・七ミリの降雨を記録し、六月二十五、二十六日には二日間で一三五・六ミリの雨が降った。また七月上旬は降雨日が多かった。したがって、この年が「空梅雨だった」ことは、必ずしも入水事件＝五月説の根拠にはならない。

とはいえ、この五月、漱石は七日間の欠勤を余儀なくされた。「一目瞭然」ではないにしても、「事件」が五月に起こった可能性は否定できない。もしそうだとすると、当然欠勤はその影響によるものであり、漱石は、崩壊しかねない夫婦関係を修復しようとして、学校の仕事どころではなかったということになるだろう。

「事件」（ないしは「事故」）の発生が五月のことなのか、それとも梅雨の時期のことなのかに関しては議論の余地があるものの、五月の七日間の欠勤の理由に鏡子のヒステリー発作があったことは、間違いないと思われる。だが、ヒステリーについては鏡子自身は全く触れていないし（当然のことだろうが）、やはり『道草』における健三の細君・お住のヒステリー発作を通して推測する以外にない。

若い頃のお住のヒステリー発作は激烈を極めた。彼女は「時々便所へ通ふ廊下に俯伏せになつて倒れて」いたり、「真夜中に雨戸を一枚明けた縁側の端に蹲踞《うづくま》つて」いたりした。そんな時「彼女の意識は何時でも朦朧として夢よりも分別がなかった。瞳孔が大きく開いてゐた。外界はたゞ幻影のやうに映るらしかつた」（「七十八」）。ある夜などは健三が目を覚ますと、お住は「大きな目を開いて天井を見詰て」い、「手には彼が西洋から持つて帰つた髪剃《かみそり》」が握られていた。健三は「馬鹿な真似をするな」と言つて髪剃を投げ捨てるが、お住は「茫然として夢でも見てゐる人のやうに一口も物を云はなかつた」（「五十四」）。

次のようなこともあった。

或時の彼は毎夜細い紐で自分の帯と細君の帯とを繋いで寐た。紐の長さを四尺程にして、寐返りが充分出来るやうに工夫された此用意は、細君の抗議なしに幾晩も繰り返された。

或時の彼は細君の鳩尾《みぞおち》へ茶碗の糸底を宛がつて、力任せに押し付けた。それでも踏ん反り返らうとする彼女の魔力を此一点で喰ひ留めなければならない彼は冷たい脂汗を流した。

或時の彼は不思議な言葉を彼女の口から聞かされた。

「御天道様が来ました。五色の雲に乗つてきました。大変よ、貴夫《あなた》」

「妾《わたし》の赤ん坊は死んぢまつた。妾の死んだ赤ん坊が来たから行かなくちやならない。そら其所《そこ》にゐるぢやありませんか。桔槔《はねつるべ》の中に。妾一寸行つて見て来るから放して下さい」

流産してから間もない彼女は、抱き竦めにかゝる健三の手を振り払つて、斯う云ひながら起き上がらうとしたのである。……

（『道草』「七十八」）


一八九八（明治三十一）年の五月、このような激しい発作が、鏡子にも繰り返し起こったのではないかと思われる。おそらく漱石は、健三と同様「毎夜細い紐で自分の帯と細君の帯とを繋いで寐」なければならなかった。ヒステリーによる〈解離性遁走〉と言われる行動を恐れたのであろう。漱石には、幻覚に囚われた鏡子は何をしでかすかわからない、という不安があった。同時に、苦しむ鏡子への憐憫もあった。彼は昼間も鏡子の傍を離れることができなかったであろう。昼夜を分かたぬ看病が続く。

夫の看病が鏡子の病にとって最良の薬であった。鏡子の発作は徐々に治まっていった。

次は前の引用に続く『道草』「七十八」の一節である。

細君の発作は健三に取つての大いなる不安であつた。然し大抵の場合には其不安の上に、より大いなる慈愛の雲が靉靆《たなび》いてゐた。彼は心配よりも可哀想になつた。弱い憐れなもの、前に頭を下げて、出来得る限り機嫌を取つた。細君も嬉しさうな顔をした。

現代においてヒステリーは軽症化し、お住＝鏡子のような典型的なヒステリーの症状はあまり見られなくなったといわれる。

笠原嘉《よみし》著『精神科医のノート』(3)及び『新・精神科医のノート』(4)によると、かつてのようなヒステリーの症状は、「権威・服従の価値軸が希薄化したこと」や「性の抑圧が弱化したこと」などに規定されて減少し、「次第に胃潰瘍や高血圧などいわゆる器官神経症ないしは心身症にとってかわられだした」。また、二十世紀の後半から問題にされ出したリストカットなどの自傷行為は、「現代のヒステリー関連の問題」であり、現代的な「人格の解離」の問題であるということである。

笠原嘉によれば、「自傷行為が実行されるとき、濃淡の差はあれ、『ゆううつ感』『イライラ感』がその背後に」あり、「庇護者を求め、その注目を求めて」「『もっと愛を、もっと愛を』と叫ばせる。声に出すか出さないかは別にして」。

鏡子のヒステリーにいわゆる自傷行為そのものはなかったようだが、彼女は、「言語以前の言語」、つまりヒステリー発作の繰り返しを通して、漱石に向かい「もっと愛を、もっと愛を」と叫んでいたのではないか。ということは、この頃の漱石と鏡子との間に、鏡子がそう叫ばざるを得ない何かがあったということである。鏡子の内部には、抑圧され意識化を許さない心理的ストレスや精神的不安が渦巻いていたのであろう。

鏡子のヒステリーは、流産後にひどくなったとか、あるいは重い悪阻と重なって激化したなどといわれることが多い。ただ流産は一年前のことであり、激しい悪阻で苦しむのはこの年の九月以降のことであった。そもそも流産や悪阻は、ヒステリーのきっかけになることはあっても、その直接の原因になることはない。五月に集中したと思われるヒステリーの発作は、それ自体に心理的ないしは家庭環境上の原因があったはずである。

平穏に見えた熊本時代の漱石と鏡子の間に、一体何があったのか。

注
(1)『国文學　解釈と教材の研究（七六九号）』學燈社（二〇〇八年刊）の「熊本の漱石——旧制第五高等学校関係資料に今、漱石を見る」（村田秀明・道園達也・村田由美筆）
(2) 気象統計情報は気象庁のホームページから情報を得た。
(3) 笠原嘉著『精神科医のノート』（「ヒステリーの減少」）みみず書房（一九七六年刊）
(4) 笠原嘉著『新・精神科医のノート』（「リストカット」）みみず書房（一九九七年刊）

小天温泉の女

『草枕』のヒロイン「那美さん」のモデルとされる前田卓子《つなこ》は、熊本県玉名郡小天《おあま》村（現玉名市天水町小天）の名士・前田案山子《かがし》（「あんざんし」ともいう）の次女であった。生年は一八六八（明治元）年で戸籍名ツナ、漱石の一歳年下にあたる。

父親の前田案山子は、若い頃覚之助と名乗り、細川藩有数の武芸者として知られていた（卓子はその影響で薙刀や小太刀の名手であったという）。明治維新後自由民権運動のリーダーとして活躍した案山子は、日本最初の総選挙に当選し衆議院議員を一期務めた政治家でもあった。中江兆民、宮崎滔天、孫文などとも交流があった。ちなみに案山子の三女・槌子《つち》（卓子の三歳年下の妹）は、宮崎滔天夫人である。また槌子の長男も、後年世間を揺るがす大スキャンダルの当事者となったことで、よく知られている。〈筑紫の女王〉白蓮夫人との恋の逃避行を決行する、宮崎龍介である。

自由民権運動の全盛期、温泉付きの前田家の別邸には全国から多くの活動家が出入りし、大規模な演説会が開催されたこともあった。その後別邸の一角は、部屋を増設し温泉旅館として一般に開放された。

一八九七（明治三十）年の暮れ、漱石が山川信次郎と共に小天温泉を訪れた時、卓子は二十九歳であった。東京での二度目の結婚（入籍なしの七年間の事実婚）にも失敗して実家に戻っており、別邸に起居し、使用人を使って温泉旅館を切り盛りしていた。

その後一九〇五（明治三十八）年、三十七歳の卓子は、結婚生活一年余で三度目の離婚をする。離婚後上京すると、義弟・宮崎滔天の勧めで「民報社」に住み込み、結成されたばかりの「中国同盟会」（「中国革命同盟会」ともいう）に結集した中国人の世話をし、その活動を支援した。「民報社」は「中国同盟会」の機関誌『民報』の編集所で、一時期、孫文、黄興、宋教仁ら中国革命家の本拠地であった。「中国同盟会」は清朝打倒の武装蜂起を繰り返したが、いずれも失敗する。

「民報社」は一九〇八（明治四十一）年、弾圧により解散を余儀なくされた。卓子は「民報社」解散後、東京市養育院に勤め、孤児たちの世話をするようになる。

父の案山子には林はなという若い愛人がいて、二人の男児（共に前田家に入籍）をもうけていた。卓子はその母子を小天から東京に呼び寄せ、一時彼らと同居したこともあった。一九一四年（大正三年　卓子四十六歳）、彼女はその異母弟の一人・利鎌《とがま》を伴い漱石宅を訪れ、十七年ぶりに晩年の漱石と再会する。翌年、「中国同盟会」の指導者の一人・黄興の勧めもあり、彼女は利鎌を自分の養子にした。

利鎌は一高に入学し、漱石最晩年の「木曜会」に出席するようになった。卓子と夏目家との交流は、利鎌が鏡子に気に入られ、また松岡譲と親しくなったこともあって、漱石死後も続いた。鏡子は『漱石の思ひ出』において、卓子を「前田さんの姉さん」と呼んだり、単に「姉さん」と呼んだりしている。利鎌は東京帝大哲学科を出て東京工業大学の教授となったが、一九三一（昭和六）年三十三歳の若さで腸チフスに罹り急逝した。卓子はその七年後、一九三八（昭和十三）年に亡くなる。七十歳であった。

以上が、『「草枕の里」を彩った人々』[1]や「前田利鎌年譜」[2]などを参考にしてまとめた、前田卓子のプロフィールである。

卓子は、自由民権運動と清朝打倒の中国革命運動という、社会変革を目指す大きな政治運動にかかわった。思春期の彼女は、小天で頻繁に開かれた演説会で、兄や従兄たちを始めとする民権活動家のアジテーションを聴いたはずである。また、前田家別邸で中江兆民が行なった『民約論』の講義や、男女同権を主張する岸田俊子の演説を聴いた可能性も高い。卓子の最初の夫は熊本県玉名郡の富農の長男であったが、自由民権運動にも関わっていた。二十一歳の卓子が恋愛の末結ばれた二番目の「夫」は、逮捕歴のある筋金入りの活動家であった（ただし、三度目の結婚相手は熊本第六師団の陸軍少佐である）。最終的に小天を離れて住み込んだ「民報社」時代には、数人の下働きの女性を使って「中国同盟会」メンバーの食事や身の回りの世話をしただけではなく、「随分危殆《あぶな》い橋を渡った[3]」と、彼女自身が述べている。

卓子は、明治の社会的現実に変革的に立ち向かった、当時としてはきわめて稀な女性であった。彼女は、明治末期になって登場する青鞜社の女性たちのように、自己の生き方を正当化する理論もそれを公にすべきメディアも持たなかったが、いわば女壮士的な逞しさと実践性を身につけていた。彼女は青鞜社の女性たちの先駆をなす女性の一人であった、といえるだろう。ただし彼女は、青鞜社の女性たちと違って、明治の男性中心社会に真正面から挑戦するようなことはなかった。父・前田案山子や義弟・宮崎滔天を含め、自由民権を高唱する活動家も三民主義を掲げる革命家も、女性関係においてはだらしがなかったし、結婚後も愛人を囲ったり茶屋遊びをすることに罪悪感を持つ者はいなかった。しかし彼女は、愛人をつくった夫の不実をなじり離婚を敢行することはあっても、平然として別邸に愛人と住んでいた父や放蕩を繰り返した義弟の行為を、正面切って糾弾することはなかったようだ。儒教的な男女観を――彼女はそれによって苦しめられたのだが――許容していたのであろうか。卓子は、そういう意味では平塚らいてうよりも夏目鏡子に近かった。

卓子は晩年（一九三四）年、「漱石言行録」の作成に携わっていた森田草平のインタビューに応じて、漱石との出会いについて語った。[4] その中で、「初めて先生（漱石のこと。引用者注）にお目にかゝつたのは、たしか明治三十年の暮も大晦日近く」で、その後「狩野さん（亨吉先生）や山川さん方と御一緒に五人連れでお見えになつた」こともあると述べた。

鏡子も、『漱石の思ひ出』（『八 『草枕』の素材』）の中で、漱石が一八九七（明治三十）年の暮れから正月にかけて、山川信次郎と共に小天に滞在したことと、一八九八（明治三十一）年の「蚕の頃に五人連れで、朝早く小天に行つて」「日帰りで熊本に帰つた」ことについて述べている。
卓子と鏡子が口をそろえて述べているように、漱石が少なくとも二回は小天に出かけたということに、疑いの余地はないと思われる。
ところが小宮豊隆は、「漱石がこの明治三十年から三十一年へかけての冬以外に、もう一度小天に行ったような事を言う者がある」が、「これは事実か想像か、はっきり分からない」（『夏目漱石』「三二　旅行」）と、漱石の小天再訪に否定的である。さらに、「（漱石は）夏目金之助・山川信次郎の連名で、前田案山子に宛てて」「（蜜柑と茸を贈ってもらった）礼状を書いているが、それが一本だけ前田家に保存されているのも、漱石の小天行きが一度きりであったことを、反面から証明するようにも思われる」（同前）と、証明ならざる「証明」をしてまで、卓子や鏡子の証言に疑問を呈している。『漱石の藝術』[5]においても、「少くとも文献的には、この明治三十年暮以後、漱石が再び小天に行つたといふ事は、何所にも明證がないやうである」と述べ、小天再訪を否定した。これらのことは、鏡子の投身自殺未遂が「漱石に近親したいろんな人の口から証言されている」が故に事実である、と断定した論理と明らかに矛盾する。[6]
小宮豊隆が、漱石の小天再訪を強引に否定しようとする理由は明確ではないが、おそらく、『草枕』が小天における漱石の実体験と関連づけて評価されることを、嫌ったからであろう。当時すでに「下手にモデル問題なんぞを逆に使って漱石の初恋だの卓子さんのエロサービスだのと邪推しては、折角の非人情哲学が泣き出す[7]」ような風潮が、一部につくり出されていた。

漱石神社の神主・小宮豊隆としては、そういう風潮――いわば『草枕』の私小説的なものへの歪曲を、放置しておくことができなかったのであろう。

『草枕』の畫工が、（中略）那美さんに會ふのも、髪結床の亭主と話をするのも、觀海寺の和尚をたづねるのも――すべて「窈然として名状しがたい」漱石の心の樂しさを表現する為の、單なる道具に過ぎない。漱石から言へば、さういふ道具によつて、「唯一種の感じ――美しい感じが讀者の頭に殘りさへすれば、」それでよかつたのである。その意味から言へば、この『草枕』の場所がどうの、峠の茶屋がなんの、那美さんが誰をモデルにしたのと、餘計な穿鑿に耽けるのは、外道に墮する事に外ならなかつた。

（『漱石の藝術』「短篇下」）

小宮豊隆はこうも述べている。すなわち――『草枕』の画工の世界は「藝術至上主義的な非人情の世界」であり、後の「則天去私」の境地に通じる可能性を秘めている。一方で「那美さんほど芝居氣たつぷりな、厭味な、不自然な、拵へ物の女は、あまり類がないやうにさへ思はれる」。那美さんは『虞美人草』の藤尾や『三四郎』の美禰子と「濃厚な血の繋がり」を持つ、漱石にとっての「女の原型」ではあるが、その原型は「現實の確實な把握から來たものではなく、反對に漱石の頭の中の好みのやうなものから來たものである事は、確實である」（同前）

と。

小宮豊隆からすると、『草枕』は「全體として美しいには美しいが、何か造花のやうな感じを與へる」し、「殊にいけないのは」「不自然な、拵へ物の女」那美さんの言動である（同前）、ということになる。このような『草枕』の捉え方には賛否両論があろうが、ヒロインのモデル論議は、「餘計な穿鑿」「外道に堕する」とまではいえないにしても、作品研究の本道ではない。だが、卓子の存在が熊本時代の漱石夫妻に大きな影響を与えたとすれば、漱石と彼女の関わりについての考察は、必要かつ重要である。

一九〇九（明治四十二）年頃と思われるが、漱石は、おえんという新橋芸者のブロマイドを買い込んで「机上に飾って、時折疲れた眼を楽しませていた」。「（森田草平によると）那美さんのモデルとなった前田つな子のおもかげと、おえんの容貌との間には、どこか似かよった所があった[8]」という。

また、森田草平は、「漱石と寺田博士」の中で次のようなエピソードを書き残している。一九三五（昭和十）年十月末、病床の寺田寅彦を見舞った時（寅彦の死の一ヶ月前）のことであった。

で、その月は丁度『漱石全集』の第一回が配本になった折とて、月報の中の『言行録』に載った前田つな子刀自の若い頃の写真の話が出て、「あれはインテレクチュアルな好い顔で、これなら先生（漱石のこと。引用者注）も気に入ったろう。僕もこの顔は好きだ。あの話（卓子の談話のこと。引用者注）の中に、山川さんはよく話しをなさるが、先生は滅多に口を利かれなかったとあるね。あれは先生、自分が気に入っていたものだから、色気があるので口が利けなかったんだね」と、寺田さんは又顔中皺苦茶にして笑われた。

月報に載った写真の卓子は、掛値なしに「インテレクチュアルな好い顔」をしている。漱石に「色気があるので口が利けなかった」のかどうかは別にして、卓子が漱石好みの女性であるのに間違いはない（漱石は、瓜実顔で眼の大きい、すらりとした女性が好みであった）。

小天は、漱石の記憶の中に懐かしい思い出の土地として残されていたようだ。留学先のロンドンから東京の友人たちに、「僕は帰ったらだれかと日本流の旅行がして見たい　小天行抔を思ひ出すよ」[9]と書き送った。漱石が一週間小天に滞在した時、季節は冬であったが、漱石には春のイメージとして――「あらゆる春の色、春の風、春の物、春の声を打つて、固めて、仙丹に練り上げて、それを蓬莱の霊液に溶いて、桃源の日で蒸発せしめた精気」[10]に満ちた、『草枕』の「那古井の温泉場」のイメージと重なって、心に刻印されていたのではないか。

漱石が描いた（決して上手とはいえない）絵に「わが墓」と題する水彩画があるが、これは小天の風景をイメージして描いたものだといわれることがある。英国留学から帰国した（一九〇三）年、漱石の「あたまの病気」が悪化し鏡子との関係がこじれ、二ヶ月間の別居に至った頃（あるいはその前後）に描かれたものである。漱石の寂寥は深く、死を夢見ることもあったのだろう。そして、永遠の安らぎの地を小天の自然の中に求めたのだろうか。

「我が墓」の墓石には、ＮＫ（夏目金之助?）とロゴ風のイニシャルが刻まれ、それは、蜜柑畑の広がる丘の上（赤や黄色の花が咲き乱れる丘のようにも見える）に建っている。丘の中腹は松林である。眼下に有明海（湖のようでもある）が、海の向こうには雲仙の山並み（?）が描かれている。春霞がかかっているかのように空はどんよりと煙っている――。

漱石は「小天行抔を思ひ出すよ」といったり、小天の風景と思われる水彩画を描いたりしたが、留学後小天を訪れることもなかったし、小天に葬られることもなかった。漱石の小天への思いは、『草枕』の画工の「窈然として名状しがたい楽《たのしみ》」の中に吸収されていったのであろう。

注

（1）熊本日日新聞情報文化センター制作『桃源郷・小天「草枕の里」を彩った人々』（二版）天水町発行（一九九六年刊）
（2）前田利鎌著『宗教的人間』（改版）岩波書店（一九三九年刊）の巻末にある年譜。
（3）前田つな子（談）「『草枕』の女主人公」による。「『草枕』の女主人公」は、昭和十年版『漱石全集』第四巻月報に森田草平編「漱石先生言行録　一」として掲載された。
（4）前注の「『草枕』の女主人公」のことである。
（5）小宮豊隆著『漱石の藝術』岩波書店（一九三八年刊）の中の「短篇下」。
（6）『夏目漱石』の「三二　結婚生活」による。

(7) 松岡譲著『ああ漱石山房』の「漱石のあとを訪ねて」による。「漱石のあとを訪ねて」は、一九二九(昭和四)年、鏡子が松岡譲を伴って熊本を訪れた時のレポートである。
(8) 夏目伸六著『父・夏目漱石』の「父の家族と道楽の血」による。
(9) 一九〇一(明治三十四)年二月九日付書簡による。漱石は狩野亨吉・大塚保治・菅虎雄・山川信次郎の四人に「失礼ではあるが一纏めの連名で御免蒙る」として、宛名を四名連名にした手紙を書いた。
(10)『草枕』(六)による。

奥さんがやかましくて

既に述べた通り、熊本で迎えた二度目の正月を、漱石は山川信次郎と共に小天温泉で過ごした。二人の滞在は、暮れから新年にかけての一週間ほどであった。二人はその間前田家別邸で過ごしたが、二人の部屋は一般の温泉客が宿泊する旅館棟の部屋ではなく、賓客用に使われていた六畳と四畳半二間の離れの間であった。その六畳の部屋には、床の間に若冲の絵が懸かり、中央に紫檀の座卓が置かれていた。前田卓子が青磁の器に入れた羊羹などを持って、部屋に現れることもあった。卓子の父・案山子からお茶の招待を受け、案山子自慢の書画骨董を観賞しつつ、四方山話を楽しむこともあった。

次のようなハプニングも起こった。前田家が新年の準備で何かと忙しい年の暮れ、その真夜

漱石と山川信次郎が▶
宿泊した離れの部屋

◀手前が前田家別邸の離れの外観。その奥が案山子の居室のある建物

（野田宇太郎文学資料館蔵『漱石寫眞帖』より）

中過ぎのことであろうか、『草枕』のヌードの場面を連想させるような出来事である。

わたくし（卓子のこと。引用者注）が夜晩《おそ》く女湯へ入らうといたしますと、微温《ぬるま》つてゐましたので、何人《だれ》もゐないと思つて、男湯の方へ平氣で這入つて行きました。すると、水蒸氣の濛々と立ち籠めた奥の方で、お二人（漱石と山川信次郎。引用者注）がくすくす笑つていらつしやる聲がするぢやありませんか。わたくしはもう吃驚《びっくり》して、その儘飛び出してしまひました。それだけは事實でございます。

（前田卓子談「『草枕』の女主人公」）

前田卓子は「それだけは事實でございます」と念を押している。自分は、自ら裸体をさらす那美さんのような、挑発的な女ではないということを強調したかったのであろう。ただ、卓子自身、「『草枕』の女主人公は、わたくしの氣持ちと申して宜しいか、氣性と申して宜しいか、そんなものを取つてお書きになつたものとは存じます」（同前）と述べているように、自分と那美さんの「氣持ち」や「氣性」に共通点があることを認めている。

漱石が卓子に興味を持ったのは間違いない。日頃寡黙な漱石が、卓子と長話をすることもあった。ある時、離れの漱石から呼び出しがかかった。卓子はすぐ終わる用事と思い、食べかけの蜜柑を手に握ったまま部屋に行ったが、話が長引き、「終わつて放免になつた時には蜜柑の皮がバリバリするまでにかわいていた」（『漱石の思ひ出』「八　『草枕』の素材」）という。

小天《おあま》に春を迎へて
温泉や水滑かに去年《こぞ》の垢《あか》

この句は、小天から帰宅した直後の一月六日、子規に書き送った三十句の中の一句[1]である。この句には、元旦の穏やかで清々しい小天温泉の風情がよく出ている。漱石は、のんびり朝湯につかって心身の解放感に身をゆだねているようだ。

漱石はまた、一月五日付書簡で虚子にも小天の句を四句書き送った。

小生旧冬より肥後小天と申す温泉に入浴同所にて越年致候

かんてらや師走の宿に寐つかれず
酒を呼んで酔はず明けゝり今朝の春
甘からぬ屠蘇や旅なる酔心地
うき除夜を壁に向へば影法師

（『漱石全集』第二十二巻）

子規宛の句と違い、この四句には「寐つかれず」「酔はず」「甘からぬ」「うき除夜」と否定的なイメージがただよっている。家に残され一人で新年を迎えた鏡子のことが、心にわだかまっていたのであろうか。

一方鏡子の方は、押しかけて来た五高の学生たち（書生の俣野義郎の友人ら）の「お仲間に入つて、歌留多を取つたりして暮らし」たが、「この方が叱られる憂ひもなくて、まづまづ呑《のん》気《き》なお正月でありました」（『漱石の思ひ出』同前）と述べている（以下、本章の「四　奥さんがやかましくて」において、注などで書名を明記しない引用は、全て『漱石の思ひ出』からのものである）。鏡子が「叱られる憂ひもなくて……」といったのは、前年の「新家庭初めての正月」の際、年始客が予想以上に多く「後から来た方々にはお膳も出せない始末」になったため、「不体裁だ」と漱石が怒りだしたことがあったからである。料理が不得手な鏡子が「勝手はわからぬ乍《なが》ら、大いに奮発していろいろ御馳走を調へた」にもかかわらず、「長谷川さん

（長谷川貞一郎のこと。引用者注）が気の毒がつて仲を取りな」さなければならないほど、漱石は鏡子を叱りつけた。鏡子が「口惜し」く「泣きたくなつた」のも無理はない。「（漱石は）これにこりたと見えて、正月には家に居ないに限るとあつて、次の年から正月へかけて、大抵大晦日あたりに旅行に出る」ことにしたという。

夫不在の正月を「まづまづ呑気なお正月でありました」と鷹揚に受けとめていた鏡子に、しばらくすると変化が現れる。「四月頃に」——たぶん春休み中（四月一日〜七日）であろう——山川信次郎が一人で小天温泉に出かけ、卓子に「奥さんがやかましくて夏目さんは来られませんよ」と言ったという。これは、鏡子が「軽口の諧謔家」と評する山川信次郎の言であるが、事実無根の話ではないであろう。五月になると鏡子のやかましさ（ヒステリーと思われる）は激しさを増し、漱石は七日も学校を休まなければならなかったのだ。六月（か七月）には、鏡子は入水事件を引き起こす。

この半年間に鏡子の精神状態は劇的に変化した。しかし、彼女に激しいヒステリーの発作をもたらした要因や背景について、真面目に追究されることはあまりなかった。それは伝記的基礎資料の不足にもよるが、鏡子が、漱石の人生における〈負の存在〉とみなされてきたことにもよるだろう。極端な言い方をすれば、鏡子のヒステリーは〈ヒステリー女のヒステリー発作〉としてすまされてきた。だが、既存の資料が少ないからといって、鏡子の実像の探求を怠るべきではない。それが、彼女と漱石に対する礼儀というものであろう。

ところで、「奥さんがやかましくて」漱石が小天に行けなかったという山川信次郎の言葉をも含めて、『漱石の思ひ出』に出てくる小天温泉を巡るエピソードは、ほとんど全て後年（漱石死後）鏡子が卓子から伝え聞いた話であった。「蚕の頃」漱石や狩野亨吉たちが卓子の案内で前田家本邸などを見て回った、というのもそうである。また、「（卓子が）山川さんの宿などへも遊びに見えたこともある」というのもそうである。これらの部分の記述は、文末のほとんどが「さうです」、「といふことです」、「とのことです」、「とか聞いて居ります」などで終わっている。つまり、熊本時代の鏡子は、小天温泉のことや卓子に関する詳細をほとんど知っていなかったということである。鏡子は新婚旅行での「九州の宿屋温泉宿の汚さ」にこりごりしていたし、九州の温泉宿に「インテレクチュアルな好い顔」の美人がいるとは想像もしていなかったであろう。

しかし漱石の近くには卓子の影がちらついていた。

卓子は、「『草枕』の女主人公」において「山川さんとは極く御懇意に願ひまして、ちよくちよく熊本のお宿元へも伺ひました」と言い、「狩野さんが初めて赴任していらしつた時も、わざわざ三里の山越えをして、熊本まで出掛けて下宿のお世話までいたしたやうな次第です」と述べている。

狩野亨吉が五高教頭に着任するために熊本に着いたのは、一八九八（明治三十一）年一月、漱石が小天から帰宅した数日後のことであった。漱石は、狩野亨吉に「当分の内小生方へ御寄寓可然《しかるべき》かと存候」（前年の十二月二十二日付書簡）と、住居が定まるまで自宅への同居を申し出ていた（実際は旅館に宿泊）。また、当座の生活費を貸してやったりもしている。

なお、漱石は前年の十月一日、英語科主任に任命されていた。英語教師に欠員が出ることになり、漱石は学校当局のバックアップを得て、腰の重い狩野亨吉の獲得に向けて全力をあげた。教頭就任等いくつかの条件が漱石を通して狩野亨吉に提示されたが、漱石は狩野亨吉に、その条件については「（校長と教頭の）両氏とも異議なきのみならず非常の希望に御座候」（十二月七日付書簡）と書き送っている。狩野亨吉は漱石の二歳年上で帝大哲学科卒、漱石の親友の一人であった。漱石宅の書生をしていた湯浅廉孫によると、「夏目先生は滅多に人を褒めない人でしたが、狩野（亨吉）先生だけは、私なぞに向つてもよく褒めてゐられました(2)」ということである。

狩野亨吉は漱石の敬愛する友人であったが、卓子とは全く面識がなかったのであるから、卓子が「わざわざ三里の山越えをして、熊本まで出掛けて」狩野亨吉の住居の世話をしたのは、漱石か山川信次郎の依頼による以外には考えられない。「熊本の借家の払底なるは意外なり(3)」という状況であったから、適当な住居を見つけるのは、前田家の力とコネをもってしても、容易ではなかったであろう。卓子は何日間か熊本市内に滞在し、漱石たちと相談をしながら家探しに奔走したと思われる。それにしても――五高教授にはそれほどの重みがあったのかもしれないが――温泉の泊まり客の依頼に応じて、見ず知らずの人間のために家を探して回る卓子の行為は、奇異な印象を与えないこともない。家探しにおける卓子の奮闘ぶりは、彼女と漱石・山川信次郎との間に、温泉旅館の女主人と宿泊客という関係以外の、あるいは、そういう関係以上のものがあったことを示しているようにみえる。

卓子は、「山川さんとは極く御懇意に願ひまして、ちよくちよく熊本のお宿元へも伺ひました」が、「夏目先生のお宅へは、奥様もありましたし、何となく氣兼ねで一度もお伺ひしたことがありませんでした(4)」と語り、漱石と親しい関係ではなかったことを示唆している。だが、当時の社会的慣習からすると、いわゆる出戻りの年増女が独身男性の家には「ちよくちよく」出かけ、一家を構えた妻帯者宅の訪問に「何となく氣兼ね」をしたというのは、何か割り切れないものが残る。訪ねるのを「何となく氣兼ね」すべきは、独身の山川信次郎に対してではないか。穿った見方をすれば、卓子が漱石を訪ねなかったのは、彼女と漱石との間に、漱石宅訪問をためらわせる微妙な空気が流れていたからだと考えられる。また鏡子も、狩野亨吉のためにあれこれ尽力する漱石と山川信次郎の動きの背後に、一人の女性の存在を嗅ぎとったのかもしれない。

三月になると、漱石自身にも家を探す必要が生じた。その頃住んでいた大江村の家(現熊本市中央区新屋敷)の家主である皇太子傅育《ふいく》官・落合東郭が、東京から熊本に帰って来ることになったからである。三月末漱石と鏡子は、二人の書生を引き連れて、入水事件の舞台になる井川淵町の家(現熊本市中央区井川淵町)に引っ越す。同じ三月末には、漱石の推薦で四月から五高に勤めることになった英語教師・奥太一郎の住まいも探してやらなければならなかった。さらに七月（入水事件の直後と思われる）、漱石夫妻は、それまで狩野亨吉が住んでいた内坪井町の家（現熊本市中央区内坪井町）に転居する。この内坪井町の家（現在漱石記念館になっている）は、卓子が狩野亨吉に世話をした家であったと思われる。だが一人住まいには広すぎたし、「事件」の再発を懼れて白川沿いから離れることを望んだ漱石に、狩野亨吉が譲ることになったのだろう。狩野亨吉は別の家に引っ越す。

漱石がこれらの転居や家探しの相談を卓子にしたかどうかは分からない。しかしその可能性は大である（山川信次郎を通しての依頼ということもありうる）。漱石から依頼があったとすると、狩野亨吉の世話をした卓子としては、漱石の方を断る理由はない。むしろ喜んで助力を申し出たであろう。卓子は二度三度と「わざわざ三里の山越えをして、熊本まで出掛けて」来たに違いない。

こうして漱石と卓子の交流は、少しずつ深まっていった。現存していないが、事務的な連絡などを含め、手紙のやりとりもあったであろう。

卓子は、武術で鍛えた機敏で美しい所作を身につけた、女盛りの知的な美女であった。男勝りの気性で気位は高かったが、柔軟で豊かな感性を持っていた。卓子は、漱石のみならず、五高の若い教授たちの関心を大いに集めたであろう。漱石の友人の間で、卓子が話題に上ることが多くなった。鏡子にも断片的ながら卓子に関する情報が入りだした。「軽口の諧謔家」山川信次郎が、卓子のことを鏡子にあれこれ吹聴したかもしれない。
鏡子のヒステリーの症状が徐々に強まり、頻度を増していった。

注
（1）一八九八（明治三十一）年一月六日付子規宛句稿による。
（2）湯浅廉孫（談）「乞食の詩が縁」による。
（3）一八九六（明治二十九）年九月二十五日付子規宛書簡による。
（4）前田つな子（談）「『草枕』の女主人公」による。

小天日帰り旅行

『漱石の思ひ出』によると、漱石が二度目に小天を訪れたのは、四月に山川信次郎が一人で小天に出かけて「それから間もなく」の「蚕の頃」であった。「狩野亨吉さん、山川さん、奥太一郎さん、木村さん」と共に「五人連れで、朝早く小天にいつて」前田家別邸で昼食をとった。午後は、卓子が一行を前田家本邸に案内したりした後、「下の畑に夏蜜柑がなつてゐたので」それを一枝ずつお土産にして、「河内《かはち》まで一里半ばかりの道を」送って行った。

漱石が五人連れで小天に行ったことについては、既述の通り卓子も言及している。ただし、

『漱石の思ひ出』と「『草枕』の女主人公」との間には食い違いもある。これは、談話筆記という両者の文章上の性格からしてやむを得ないことであるが、そこには、漱石・鏡子・卓子の関係にかかわるいくつかの重要な内容が含まれている。

その一つは、小天旅行の時期に関してである。『漱石の思ひ出』では「夏蜜柑がなつてゐ」て「蚕の頃」であったというのに対して、卓子の談話には「(伊平と申す男が)方々御案内をしたり、お土産の柿を持つてお供をしたりいたしました」(傍点引用者)とあり、柿の実る頃となっている。ちなみに柿についていえば、鏡子によると、漱石一回目の小天滞在の時「お土産にもと姉さんが玄関前の渋柿の木の上に、誰もいないのをみすましてのぼつて」いるのを、漱石と山川信次郎に見つかって「まるでお猿の親類見たいだ」とからかわれたことがあったという。卓子にこの時との記憶の混同があったのかもしれないが――森田草平のインタビューを受けた時、卓子は六十七歳、死の三年前であった――正確なことは分からない。もし、鏡子と卓子が述べた小天再訪の時期が、共に正しいとすれば、漱石は少なくとも三度小天を訪れたことになるだろう。

その可能性がないとはいえない。ただ、小天再訪の季節に関しては、『漱石の思ひ出』の方が叙述の展開に一貫性があるように見受けられる。恐らく季節は、『漱石の思ひ出』に「蚕の頃」「夏蜜柑」とあるから、四月末から五月にかけてのこと(入水事件の前)であったろう。六、七月の熊本は蒸し暑くてピクニック気分にはなれない。

二つ目は、一行の帰路の動きが曖昧であること。『漱石の思ひ出』では「（姉さんが）河内まで一里半ばかりの道を一緒に送られたことがあるさうです」とあり、そのすぐ後に次の文が続く。

それから一行は宮本武蔵が籠つて兵法五輪之書を書いたと言はれる岩戸観音の方に行かれたか、鼓ヶ滝の方に行かれたか、とにかくその辺の名所をめぐつて、日帰りで熊本へ帰つたといふことです。

文脈からすると、「岩戸観音」や「その辺の名所」を見て回った「一行」に、卓子は含まれていないようだ。一方、卓子は名所巡りについて、「わたしどもから一里許り離れた所に岩戸の観世音といふ名所がございまして、狩野さん方と五人連れで入らしつた時、わたくしが一度そこへ御案内したことがあります」（傍点引用者）と述べている。この食い違いは（季節の食い違いもあるし）、鏡子の言う名所巡りと卓子の名所案内が実際は別の日の出来事であったという事実に起因する、と考えられないこともない。つまり、「五人連れ」の岩戸観音観光は複数回あったのだ、と。だが、その可能性は少ない。なぜなら、五人が小天に行った回数についてはインタビュアーの松岡譲と森田草平がチェックしたであろうし（小天行きの回数は彼らにとっても重大な関心事であったはずだ）、それが二度、三度のことであったのなら、そのことは必ず文章化されていたに違いないからである。

　では卓子は、鏡子が言うように一行を「河内」まで送っただけなのか、それとも、さらに五人を案内して「岩戸の観世音」（岩戸観音）などの名所を回ったのか――この件に関しては、どうやら卓子の方が正しいようだ。

　というのは、漱石とその一行が岩戸観音（岩戸の観世音）へ行くには、小天・熊本往還のほぼ中間にある追分から帰路を大きく逸れて、河内村（現熊本市西区河内町河内）方面へ向かわなければならない。その道（現在の県道一〇一号）を追分から三キロほど下って左折し、金峰山麓のだらだら道を数百メートル登ると岩戸観音に着く。ということは、鏡子の言を信じると、卓子は熊本市内から遠ざかる方向に五人を送ったということになる。これは辻褄が合わないし、恐らく熊本の地理に疎い鏡子に生じた勘違いであろう。実際は、卓子は一行を「河内」まで送ったのではなく、帰宅が大幅に遅れるのも構わず一行と共に「河内」へ行き、さらに岩戸観音（現熊本市西区松尾町平山にある）などを案内して回ったのだと思われる。案内者なしで山道を岩戸観音の方へ向かうことは考えにくい。

　三つ目は――両者の食い違いというのではないが――『漱石の思ひ出』における「（一行は）日帰りで熊本へ帰つたといふことです」（傍点引用者）という伝聞表現に関してである。その日鏡子は、自宅で夫の帰宅を待っていたはずであるから、「日帰りで熊本へ帰つて来ました」と断定表現をするのが自然である。ところが鏡子は、夫・漱石の帰宅を卓子からの伝聞として述べている。「日帰りで熊本へ帰つたといふことです」という言い方は、前後の文章から切り離して解釈すれば、強調的な断定表現と取れないこともないが、それは文章展開上あり得ないことである。では、それは鏡子の単純な誤表記かといえば、そうともいえない。『漱石の思ひ出』は、鏡子が語り松岡譲がメモし、それを鏡子が点検して最終的に確定するという手順を取った。だから、漱石の帰宅を誤って伝聞表現するとは、常識的には考えられない。ということは、「日帰りで熊本へ帰つたといふことです」という表現は、誤表記どころか、むしろ鏡子の心理的事実の正確な反映といえはしないか。

　本当は、鏡子はこう言いたかったのであろう（やや強引な推測になるが）。

　　前田さんの姉さんの話によりますと、一行は日帰りで帰ったということですが、とんでもない、実際は日帰りではなかったのです。

　一方卓子は、日帰りか否かについては全く触れていない。

　漱石の二度目の小天行きは、日帰り旅行、つまり鏡子にとっては、夕暮れ時までに帰着する予定のはずであった。だが漱石の帰宅はかなり遅れたと思われる。ひょっとして深更に及んだかもしれない。

　現在、熊本市・小天間に「草枕の道」と通称されるハイキングコースがある。そのほとんどの部分が舗装されているが、漱石が熊本に住んでいた頃の順路に近いものである。熊本市西区島崎（当時は飽託郡島崎村）にある岳林寺が「草枕の道」の起点になっていて、寺の傍の道標に「天水町漱石館まで15・8KM」と書かれている。熊本市の中心部（市役所周辺）から岳林寺まで四キロほどあるから、熊本市中心部－旧前田家別邸間の距離は約二〇キロになる。この距離を時速五キロで歩くとすると四時間かかることになるが、小天までには二つの峠を越えなければならないし、休憩も必要であるから、通常五時間以上はかかるであろう。明治から大正にかけて道中には掛茶屋があった。そこで軽く食事をとったりすれば時間はもっとかかる。日帰り旅行をするには相当ハードなコースである。

漱石一行の小天旅行が行楽に最適な五月上旬だったとすると（日の出は午前五時三十分頃、日没は午後七時頃であるから）、日が暮れる前に熊本に帰着するためには、朝早く熊本市内を出発しなければならない。仮に集合時間が午前六時、集合場所が狩野亨吉宅（現在の内坪井町の漱石記念館）で、午前六時丁度に出発できたとしても、小天の滞在時間は三時間（あるいはそれ以下）しかない。その間に温泉に入り昼食をとり、一休みをした後前田家本邸などを見て回るのは、現在の日帰りバスツアー並みの過密スケジュールである。しかも一行は、帰路、卓子を加えて岩戸観音の方へ回った。これは二時間以上のロスになるだろう。一行が暗い山道を歩いて熊本に帰り着いた時、夜はかなり更けていたはずである。

四月「奥さんがうるさくて」小天行きを断念した漱石が、「それから間もなく蚕の頃」に小天に行くことができたのは、この時が五人連れであり、日帰り旅行であったからであろう。ところが予定が大幅に狂ってしまった。それどころか、輿に乗った一行の小天滞在が長引き、帰宅時間は午前零時を超えた可能性さえある。

自動車や電話が普及していなかった当時の熊本にあって、漱石たちと卓子との交流は、彼らが二〇キロも隔てて住んでいたにしては、かなり密であったといえよう。一八九八（明治三十一）年の前半に限ってのことだが、彼らは家探しを含めて月に一回程度、時には複数回顔を合わせる機会があった。卓子は「わざわざ三里の山越えをして」熊本市内にやって来た。卓子の遠縁にあたり、小天時代の卓子を直接知る人（水本正澄）の証言によると、彼女は「短刀を懐にしのばせて、時には熊本から小天まで、眞夜中に三里の山路をたつた一人で往復するといふやうな事を平気でやつて」(1)いたという。ただし、「時には」というのがいつ頃のことなのかははっきりしない。

卓子は「山川さんとは極く御懇意に願ひまして、ちよくちよく熊本のお宿元へも伺ひました」と述べて、山川信次郎と親しかったことを強調しているが、二人の親密さは、漱石や狩野亨吉などを排除したかたちでの関係ではなかったと思われる。山川信次郎は、卓子が訪ねて来ると（彼は商家に下宿していたのであろう）「奥の座敷から店頭《みせさき》まで見通せるやうに、障子を明け放して」(2)卓子と対座した。彼は、卓子と個人的な関係にあると見なされることを恐れたのだろう。当時も教師にとって男女関係は、致命的なスキャンダルになりかねなかった。実際、四年後、山川信次郎は女性スキャンダルにより一高教授を辞職する。
漱石と卓子の関係は――山川信次郎・狩野亨吉などを含めた――卓子を中心にしたいわば〈グループ交際〉（この言葉はすでに死語になっているが）のようなものであった。インテレクチュアルでかつ野性的な美女と、教養豊かな働き盛りの五高教授たち――〈サロン〉の形成にはうってつけの取り合わせであった。保守的な風土の熊本で五高教授に許されたのは、世間体を損なわない程度の芸者遊びならともかく、せいぜいサロン風の〈グループ交際〉ぐらいのものであったろう。確かに卓子は魅力的な女性ではあった。しかし漱石たちは、おそらくオープンな〈グループ交際〉のルールを壊すことはなかったと思われる。単にその勇気がなかったに過ぎないのかもしれないが――。とはいえ、卓子と男たち（の中の一人）との間に、また、男たち同士の間に、恋の駆け引きに似た感情の交錯がなかったとはいえない。それどころか、深刻な、とまではいかないにしても、複雑な感情のもつれがなかったともいえない。少なくとも彼らは、卓子の「無意識の偽善（アンコンシャス・ヒポクラシー）」に動揺したり、振り回されたりしたことがあったろうし、時にはそれを楽しんだこともあったであろう。

注
（1）島為男著『夏目さんの人及思想』大同舘書店（一九二七年刊）の「第六『草枕』の那美さんのモデルと其の周圍」による。

（2）前田つな子（談）「『草枕』の女主人公」による。

ヒステリー発作の爆発

漱石が「小天日帰り旅行」に出かけた一八九八（明治三十一）年の五月、漱石と鏡子の結婚生活は三年目にはいっていた。

結婚当初、家事のことなど「どこからどう手をつけていいかまるで見当もつきません[1]」という状態であったお嬢さん育ちの鏡子は、人の出入りが多く華やいだ実家の生活と地味な新家庭との違いに、心理的ストレスを強いられたに違いない。鏡子としても熊本での生活の苦労や寂しさは覚悟のうえであったが、夫・漱石の愛情がそれを十分埋め合わせてくれるはずであったし、また、夫が東京で職を得て地方暮らしを切り上げるのは、それほど遠い将来のことではないと考えていたであろう。だが、漱石は書斎に閉じこもることが多く、鏡子の孤独には鈍感であったし、教師生活にあれこれ不平をもらしながらも五高を辞める決断ができないでいた。

当然のことだが、鏡子の熊本における唯一の支えは漱石であった。鏡子は漱石に温かい心配りを期待し求めもしたが、漱石はそれに十分応じることがなかった。漱石はシャイであっただけではなく、漢文学を通して培った人間観、その女性蔑視の感性を身に染み込ませていた。漱石にすれば、妻は夫に温もりを求める前に、夫に温もりを与える存在でなければならない、ということになるだろう。それにしても、「俺は学者で……おまえなんかにかまってはいられない」、「学者の勉強するの位にはびくともしやしませんでした[2]」と、結婚生活が意地の突っ張り合いで始まったというのは、二人にとって不幸なことであった。

鏡子の心には、徐々に空虚感と飢餓感が堆積していったであろう。が、一方で、夫の冷淡さは必ずしも自分への愛情の欠如によるものではない、とも感じ始めていた。端然とした学者らしい風貌の裏に、漱石は柔らかく繊細な慈愛の心を隠し持っていた。鏡子は、夫の何気ない挙措動作の中に、溢れんばかりの愛情の露出を感じ取ることがないわけではなかった。日頃の冷淡さと時折見せる優しさ——ただ、夫の本心はどちらにあるのかと、二者択一的に発想している限り、鏡子の不安や疑念が解消されることはなかったであろう。しかし鏡子は、組織的な教育は小学校までしか受けず学問的教養には乏しかったが、賢い女性であった。鏡子が漱石の誠実さと自分への愛を読み取るのに、二年間の結婚生活は決して短くはなかった。夫婦喧嘩の種には事欠かなかったが、二人の関係は安定の方向に向かって進んでいた。

そこに出現したのが前田卓子である。鏡子は熊本時代卓子に会うことはなかったが（たぶん）、漱石や山川信次郎を通して卓子の存在を知ったであろう。漱石たちにすれば、彼女の存在を隠さなければならない理由はなかったからだ。卓子は田舎には珍しい、男勝りの風変わりな女性として話題になったと思われる。

女性の話題といえば、新婚時代、漱石夫妻の間で大塚楠緒子（作家・詩人。漱石の友人・大塚保治の妻）のことが話題にのぼったことがあった。『漱石の思ひ出』（「四　新家庭」）によると、鏡子が読んでいた雑誌『文芸倶楽部』に載った楠緒子の歌をきっかけに、二人の間で大いに話が盛り上がったようだ。漱石は「あれは俺の理想の美人だよ」と言って話を締めくくった。鏡子は「いらぬことまで付け加えて話してくれました」と、三十年経っても不満げである。

　前田卓子には大塚楠緒子のような気品はなかったが、楠緒子が持たない野性の魅力があった。〈グループ交際〉が続くうちに漱石が卓子に惹かれていくのを、鏡子は見逃さなかったであろう。そして疑心暗鬼が膨らんでいった。だが、漱石と卓子の間に「情に棹させば流される」ような状況は出現しなかったと思われる。漱石は卓子に対して、『草枕』の画工が那美さんに対したように「非人情」で押し通した。

　ところが、一九二〇年代後半（昭和）になって、卓子が那美さんのモデルに浮上してくると、小天温泉をめぐる虚実取り混ぜた噂が伝えられ始め、それが次第に〈伝説〉化していった。一九二八（昭和三）年二月には、雑誌『婦人倶楽部』に、「文豪漱石の初戀の女性　名作『草枕』の女主人公《ヒロイン》との隠れたる物語《ローマンス》」というデッチあげ記事が発表される。卓子は、養子・利鎌の友人の弁護士を立てて強硬に抗議し、雑誌に「取消しの記事」を掲載させた[3]。夏目家と前田家（特に鏡子と利鎌）との関係が悪化するのを避けたいという配慮がはたらいたのであろう。卓子は裁判をも辞さずという構えであった。

雑誌に載ったような「隠れたる物語《ローマンス》」は否定されたが、〈伝説〉は前田家ゆかりの人々の間で語り継がれた。先述した「(卓子が) 短刀を懐にしのばせて、時には熊本から小天まで、眞夜中に三里の山路をたつた一人で往復」したというのも、その一つかもしれない。また、卓子の甥・嗣利の妻 (前田花枝) によると、卓子は晩年、次のように「しみじみ述懐した」という――「一生のあいだ、ロクな男に出会わんかったが、夏目さんだけは大好きだったよ。奥さんさえいなきゃ、いんにゃ二号さんでもいいと思った時もあったよ」(『「草枕」の里を彩った人々』) と。さらに、大雪の日、漱石と「帝国ホテルで一夜を明かした」(!) と卓子から聞いたという人 (前田花枝の母・宮崎ツル) もいる。「あの気丈な人が泣いて喜んどった」(同前) そうである。

これらの〈伝説〉が生まれるのは、漱石文学の〈威力〉には違いない。「『おい』と声を掛けたが返事がない」で始まる『草枕』の「峠の茶屋」の部分は、すでに漱石の生存中から、国定教科書「高等小學讀本　第三學年用上」(大正二年発行) に採用されていた。旧制中学校や女学校ではもっと早く、明治の四十年代から教科書に掲載されており、大正時代になると、『草枕』の載らない国語教科書の方が少ないくらいであった。『草枕』以外の作品を加えれば、大部分の国語教科書で漱石の作品 (の一部) を読むことができた。小天温泉や前田家につながる人々の間に、『草枕』の女主人公のモデルを巡って〈伝説〉や〈神話〉が生まれる素地は十分にあったのである。

漱石と卓子との関係は、実際はどうだったのか。すでに述べたように、二人が互いに惹かれあっていたことはあり得るとしても、恋愛関係にあったとは考えられない。おそらく〈グループ交際〉は、鏡子の入水事件を契機に解消されたか、あるいは解消に向かったであろうから、付き合いは半年程度のものであった。また、〈グループ交際〉であることに加えて、二人が住む熊本市と小天間の距離、妻のある五高教授と名士の出戻り娘という社会的立場、保守的な地方都市・熊本の風土や剛毅木訥を宗とする五高生の目などを考え合わせると、二人が天災的な激震の中に放り込まれない限り（そんな状況が皆無であったともいえないが）、恋愛関係に陥る可能性は極めて少ない。

だが、鏡子は、漱石が自分以外の女性に目を向けること、そのこと自体に耐えられなかったのであろう。彼女は賢い女性ではあったが、自己顕示欲と幼児的な依存性の強い、いわゆる〈ヒステリー的性格〉の持ち主であった。漱石と結婚するまで中根家以外の世界をほとんど知らず、自分を「特別扱いして育てた」[4]父・重一に甘え、我がままを押し通すことに慣れきっていた。父親への子供っぽい甘えと過保護——鏡子のヒステリー的感性は、それらが慣い性となって形成され、結婚後は漱石に向けられた。そんな鏡子にとって、自分に対する漱石の注目や関心が薄らぐことは、彼女の自尊心を傷つけるだけではなく、アイデンティティーの崩壊をもたらしかねない事態であった。崩壊しかねない精神のバランスを回復するために、鏡子はヒステリー発作の中へ逃げ込まざるを得なかった。

卓子の方は、鏡子が自分に嫉妬していることを、すでに四月の時点で知っていたと思われる。山川信次郎の「奥さんがやかましくて夏目さんは来られませんよ」という報告は、鏡子の嫉妬を推測させるのに十分であった。漱石を「大好きだった」かどうかは別にして、卓子は、鏡子への優越感に浸ることができたであろう。

五月の小天行きは、やかましい鏡子に手をやく漱石の家庭事情に配慮して、日帰り旅行になったと思われる。ところが、案山子・卓子父子の歓待を受けているうちに、帰路につく時間が予定よりかなり遅くなってしまった。おまけに、卓子が岩戸観音まで案内すると言う。土地勘のない五高教師グループは、帰宅時間が大幅に遅れるとは知らず、卓子の〈好意〉を受け入れた。もちろん卓子は、熊本帰着が深夜になることは百も承知であった。五人は、暗く歩き辛い山道をたどって熊本に帰り着いた。卓子が「時には熊本から小天まで、眞夜中に三里の山路をたつた一人で往復」していたという、遠縁の証言が事実だとすると、ひょっとして卓子は、熊本市内まで五人に付き添って来たのかもしれない。そのことが鏡子の怒りに火を点けることになるのを、百も承知で。

果たして鏡子のヒステリーが爆発した。漱石は七日間も学校を休まなければならなかった。

注

（1）夏目鏡子述・松岡譲筆録『漱石の思ひ出』の「三　結婚式」による。

（2）前注と同じ『漱石の思ひ出』の「三　結婚式」による。
（3）前田つな子（談）「『草枕』の女主人公」による。
（4）半藤末利子著『漱石の長襦袢』の「第一章　ロンドンからの手紙」による。

漱石熊本を去る

漱石は、結婚生活の最初の四年間を熊本で過ごした。そして十九世紀の最後の年、一九〇〇（明治三十三）年の七月、鏡子と一歳になる長女・筆子を伴い、熊本を後にした。この時熊本は大水害に見舞われ、各地で鉄道網が寸断されていたが、それを押しての上京であった。漱石は、一ヶ月前文部省から「英語研究ノ為満二年間英国へ留学」という辞令と「英語教授法ノ取調」の嘱託を受けており、第一回文部省派遣留学生として九月には日本を離れることになっていた。それはうまくいけば、学者としての未来を大きく切り開くチャンスの到来を意味した。漱石は『文学論』(1)の「序」で「当時余は特に洋行の希望を抱かず」と述べているが、恐らく熊本への未練はなかったであろう。ただし鏡子には、新婚生活を送った熊本を去るにあたって、多少の感慨はあったようだ。彼女は「私たちはこの年の七月に長らく住みなれた土地熊本を去るのですが(2)……」と述べている。鏡子は次女・恒子を身ごもっていた。

それ以来、漱石は熊本に戻ることはなかった。一九〇三（明治三十六）年一月イギリスから帰国し四十九歳で亡くなるまで、東京に生活の拠点を置いた。だが、足かけ三年に及ぶ留学期間中も、また帰国後もしばらく（約二ヶ月間）は、漱石は、五高の教壇に立つことはなかったものの、身分上は五高教授のままであった。第五高等学校資料『職員進退通知』に、「英国留学／教授夏目金之助／右ハ明治三十六年一月二十一日帰校」（傍点引用者）とあり、同『出勤簿』には「（明治三十六）年三月三十一日免官」とある。一ヶ月後「在官六年以上ニ付年俸三ヶ月分」の退職金が「下賜」された（『職員進退通知』）。結局漱石は、五高に七年間在職したことになっている。

熊本を離れる直前の漱石（前列左）。右の3人は五高の教え子。後列右は書生をしていた湯浅廉孫（野田宇太郎文学資料館蔵『漱石寫眞帖』より）

留学中から漱石は、手紙の中でしきりに、熊本に帰りたくないと述べていた。ロンドン到着後半年も経たない一九〇一（明治三十四）年二月九日、狩野亨吉・大塚保治・菅虎雄・山川信次郎宛書簡に、

夫《それ》からもう一つ狩野君と山川君と菅君に御願ひ申す　僕はもう熊本へ帰るのは御免蒙りたい　帰つたら第一（第一高等学

校のこと。引用者注）で使ってくれないかね（中略）如何ですかな　御安くまけて置きますよと書いている。この時、宛名に列ねた大学以来の親しい友人たちは、大塚保治（東大教授）を除いて一高（狩野亨吉が校長）に勤めていた。

また寺田寅彦には、「帰つて熊本へは行き度《たく》ない　可成《なるべく》東京に居りたい　然し東京に口があるかないか分らず其上熊本へは義理があるから頗る閉口さ」（九月十二日付）と書いた。鏡子に対しても、「帰朝後は東京に居り度《たく》と思へど此様子では熊本へ帰らねばならぬかも知れぬ御前も其覚悟をして居るがいゝ」（九月二十二日付）と書いた。鏡子には、同様のことを翌（一九〇二）年になっても、繰り返し手紙に書いている。言うまでもなく鏡子も、東京生活が続くことを強く望んでいたであろう。

先達《せんだつて》櫻井さん（五高校長。引用者注）から又熊本へ帰つて貰ひ度が一己《いっこ》の御都合はどうだと云つてきたから実の所を白状すると帰り度ないといつてやつた　此《この》さきどうなるか分らないが先々遠くへ行くと思つて覚悟して居ないといけない（三月十八日付）

（帰朝後は）少しは楽になるべくと存《ぞんじ》候　然《ただ》しおれの事だから到底金持になつて有福にはくらせないと覚悟はして居て貰はねばならぬ　とにかく熊本へは帰り度ないが義理もあ

る事故《ゆえ》我儘な運動も出来ず　只成行にまかせるより仕方がないと思ひ居るなり（四月十七日付）

漱石の年来の夢は「（東京へ帰り）教師をやめて単に文学的の生活を送りたきなり(3)」ということであったが、その実現は容易ではなかった。留学を後押ししてくれた五高を――漱石は五高の「教頭心得」でもあった――帰国した途端に辞めるには、漱石が持たない〈義理を欠く勇気〉が必要であった。すぐ五高を辞めるにしても、彼には妻と二人の子供があり、何よりも家族の生活を維持するための収入を確保しなければならない。悪いことに、今まで何かと漱石一家の面倒を見てくれた義父・中根重一の身辺に異変が起こっていた。中根重一は、政権交代のあおりを食らって貴族院書記官長を辞職せざるをえなくなり、さらに一九〇一（明治三十四）年六月官界を去る羽目に陥ったのだった。おまけに株で大損を続け、家計は一変し火の車であった。漱石は熊本に戻りたくないといいながら、帰国後熊本で教師生活を続けることも覚悟していた。

しかし漱石は五高に戻らずにすんだ。日本に帰って来た一九〇三（明治三十六）年の四月から東京帝大と一高に（共に講師として）勤めることになる。大塚保治や狩野亨吉など旧友たちの尽力によるものであった。漱石は狩野亨吉に向けて「英国から帰つて余は君等の好意によつて東京に地位を得た(4)」と書いている。彼の希望はほぼ叶えられたように見えたが、鏡子によれば「洋行を転機として、私ども一家の上に暗い影がさすやうに(5)」なったのであった。漱石はロンドンから「あたまの病気」を持ち帰っていた。

留学中漱石は、悪戦苦闘の末、いわゆる「自己本位」の立場を獲得し、文学の本質に迫り得る「鉱脈に」「自分の鶴嘴《つるはし》をがちりと掘り当てた(6)」という確信を持つことができた。そして、文部省指定の研究課題である「英語研究」、および「英語教授法ノ取調」から大きく逸脱することも恐れず、「文学論」の構築に向けての十年計画に着手した。それは、留学生活の後半のほぼ一年間、自称「下宿籠城主義」をより徹底化し、神経を病んでいるのではないかという周囲の危惧や、「報告書の不充分なる為め文部省より譴責を受け(る)」(『文学論』序)という状況を撥ね除けて実現したものであった。

漱石はイギリス留学を「倫敦《ロンドン》に住み暮らしたる二年は尤も不愉快の二年なり」(同前)と総括している。一方学習院での講演「私の個人主義」においては、「自己の立脚地」=「自己本位」を手に入れた時「私の不安は全く消えました。私は軽快な心をもつて陰鬱な倫敦を眺めたのです」と語った。これは、学生向けにオブラートに包んだ言い回しであったにしても、漱石の留学生活が「尤も不愉快」の一言に集約されるほど、単純なものではなかったことを示している。漱石は大胆にも、文部省に留学延長(フランスへ一年間)の申請を出したりもしている。「英語研究」を命じられた漱石が、どうしてフランスへの留学延長を申し出たのか、その意図は不明だが、この要望は、当然のことながら「一切聞き届けぬ由につき泣寝入(7)」ということになった。また、文部省へ書き送った報告書の中で「学資軽少にて修学に便ならず(8)」と不平を述べたが、これは言うまでもなく黙殺された。

漱石は、留学中「坊っちゃん」流の意地を貫いたとはいえる。だが、その代償に得たのが、自らいうところの「神経衰弱」であり、鏡子のいう「あたまの病気」であった。『文学論』序でロンドンにおける自分を、「群狼に伍する一匹のむく犬」に例え「乞食の如き有様」と述べたのも、「神経衰弱」的に歪曲された自画像であるようだ。

次は、留学期間も残り少なくなった一九〇二（明治三十五）年九月十二日付の、鏡子宛書簡からの引用である。

> 八月六日発の書状今九月十一日到着披見致《いたし》候　其元《そこもと》の病気の快よく両女（長女・筆子と次女・恒子のこと。引用者注）とも壮健の由にて安堵致候（中略）
>
> 近頃は神経衰弱にて気分勝れず甚だ困り居候　然し大したる事は無之《これなく》候へば御安神可被下《くださるべく》候
>
> （中略）
>
> 近来何となく気分鬱陶敷《うっとうしく》所見も碌々出来ず心外に候　生を天地の間に享けて此一生をなす事もなく送り候様の脳になりはせぬかと自ら疑懼《ぎく》致居候　然しわが事は案じるに及ばず御身及び二女を大切に御加養可被成《なさるべく》候

「其元《そこもと》の病気」とは、同年七月二日付鏡子宛書簡に「其元《そこもと》の持病起り相よし　よく寐てよく食つてよく運動して小児と遊べばすぐ癒る事と存候」（傍点引用者）とあることから、ヒステリーの発作ではないかと思われるが、詳細は分からない。

この手紙で漱石は、自分が「神経衰弱」であることを率直に認めている。鏡子に心配をかけまいとしてであろうか、「大したる事は無之候へば御安神可被下候」といいつつ、「気分鬱陶敷所見も碌々出来ず」「一生をなす事もなく送り候様の脳になりはせぬか」という「疑懼」を覚えるほどの状態であった。「夏目精神に異常あり」の情報が文部省に入ったのはこの頃のことだと思われる。東京の友人や知人たちの間に、漱石が発狂したという噂が広まった。

この九月十二日付の書簡が、留学中鏡子に書き送った手紙の最後のものである。この九月から帰国するまでの四ヶ月余、漱石が日本に向けて書いた手紙は、子規の死を知らせてくれた虚子に対してのみ（十二月一日付）であった。その中で「小生来る（十二月）五日愈々倫敦発にて帰国の途に上り候」と述べている。しかし漱石は（筆まめであるにもかかわらず）それ以外に、帰国の連絡を一切しなかった。鏡子に対しても「いつ帰つて来るとも、何といふ船に乗るとも、とんと音沙汰が」なく、翌年一月二十三日になって「今神戸へ上陸した、何時の汽車にのるといふ電報が初めて」届く[9]という有様であった。

東京に着くと、漱石は、義父の屋敷の離れ（そこで鏡子と娘たちは暮らしていた）に旅装を解いた。漱石にとって二年数ヶ月ぶりの畳の部屋であり、家族四人水入らずの対面であった。

ところが『漱石の思ひ出』によると――、

（イギリス留学に）立つ前短冊に、

秋風の一人を吹くや海の上　漱石

の一句をしたためて残して行きましたが、洋行から帰つて来て、私の部屋に入るなり、床の間の横にかけておいた短冊をはずして、どういう気かびりびり裂いて捨ててしまいました。（「一三　洋行」）

こうして、長女・筆子のいう「身の毛がよだつような危機[10]」の数年が始まることになる。

注

（1）『文学論』は、一九〇三（明治三十六）年九月から翌々年の六月まで東大で講義した「英文学概説」の内容を整理し、加筆したもの。講義内容の整理については、教え子の中川芳太郎の助力があった。刊行は一九〇七（明治四十）年大倉書店から。

（2）夏目鏡子述・松岡讓筆録『漱石の思ひ出』の「一二　犬の話」による。

（3）一八九七（明治三十）年四月二十三日付子規宛書簡による。

（4）一九〇六（明治三十九）年十月二十三日付書簡による。

（5）夏目鏡子述・松岡讓筆録『漱石の思ひ出』の「一三　洋行」による。

（6）講演「私の個人主義」（一九一四）年による。引用は平成版『漱石全集』から。

（7）一九〇一（明治三十四）年九月二十二日付鏡子宛書簡による。
（8）一九〇一（明治三十四）年二月五日付藤代禎輔宛書簡による。
（9）夏目鏡子述・松岡譲筆録『漱石の思ひ出』の「一七　帰朝」による。
（10）夏目筆子筆「夏目漱石の『猫』の娘」による。

第四章　作家漱石の誕生へ

書斎の漱石。朝日新聞入社の１年前『坊っちゃん』執筆の頃
（野田宇太郎文学資料館蔵『漱石寫眞帖』より）

鏡子のラブレター

漱石がイギリスに留学した期間は、船での往来の日数を入れて、二年四ヶ月余であった。その間鏡子は、東京牛込区矢来町（現新宿区矢来町）の父・中根重一宅の離れに住んだ。

平成版『漱石全集』によると、留学中漱石が鏡子に宛てて書いた書簡（葉書を含む）は、二十二通である。ただし、日本を出てから六ヶ月の間に八通書いているのに、留学最後の半年間は二通しか書いていない。ロンドン滞在四ヶ月が過ぎてホームシックもおさまり、下宿で「英文学に関する書籍を手に任せて読破」する（『文学論』序）という生活が本格化すると、手紙の数は減っていった。だが、鏡子からの便りはそれ以上に少なかった。漱石は折に触れて、もっと手紙を書くように鏡子に注文を付けている。

国を出てから半年許《ばか》りになる　少々厭気になつて帰り度《たく》なつた　御前の手紙は二本来た

ばかりだ　其後《そのご》の消息は分からない（中略）便りのないのは左程心配にはならない　然し甚《はなは》だ淋（し）い（一九〇一年二月二十日付）

其後国から便があるかと思つても一向ない　二月二日に横浜を出た「リオヂジヤネイロ」と云ふ船が桑港（サンフランシスコ）沖で沈没をしたから其中におれに当（て）た書面もありはせぬかと思つて心掛りだ（同年三月八日付）

其許《そこもと》よりは一向書信無之《これなく》或は公使館辺に滞停致し居るやと存候（同年八月十日付葉書）

葉書でもよいから二週間に一度位宛は書信をよこさなくてはいかん　子供抔があると心配になるから（同年九月二十二日付）

（前略）去年つかはし候二週間に一返位端書《はがき》にて安否を通信せよと申しつかはしたる書状（端書）を読みたるにや読まぬにや（中略）其許の最近の手紙は十二月十三日日附なればば（中略）つまり前後を通じて四月許《ばかり》此方へ一片の音信もせざるなり（一九〇二年二月二日付）

などであるが、後になるほど口調が厳しくなっている。一九〇二（明治三十五）年三月十八日付の手紙では、鏡子の弁解と反発に対して「心配になるから度々端書で音信をせよと云ふのと疑るのとを一所にされてはたまらない　よく落付て手紙を見るがよい」と立腹し、「女の脳髄は事理がわからない様に出来て居るなら仕様がない」とまで書いている。漱石を立腹させた鏡子の手紙は現存せず、その詳細は知りようがないのだが、小宮豊隆は、「夫婦生活の前途を暗くしてしまうほど、悲しい、腹立たしい愛想のつきる手紙だったに違いない」と、次のように鏡子を手厳しく批判した。

漱石から言えば、こっちで安否を気遣っていることを、疑ぐっていると解釈するのみならず、あなたの方でも何をしているか分からない、ちょいちょいそういう噂を聞くこともあるなどというような、漱石の愛をへし曲げ、漱石の人格を誹謗する、毒々しい内容を持った、このヒステリックな手紙は、自分たちの夫婦生活の前途を暗くしてしまうほど、悲しい、腹立たしい愛想のつきる手紙だったに違いないと想像される。

（『夏目漱石』「三七　神経衰弱」）

しかし鏡子にすれば、夫からの手紙を読むかぎり、留学生活は順調に進んでいるように見えた。もちろん手紙には、「金のなきには閉口致候」(1)「倫敦《ロンドン》は陰気でいけない」(2)「早く日本に帰りたい[3]」「近頃少々胃弱の気味に候[4]」「此頃は長い手紙を書くのがオックーだから是でやめる[5]」など、生活の辛さを想像させる言葉がないわけではなかった。だが、鏡子は娘の筆子から見ても「大体が細かい神経を持たない人[6]」であった。漱石の「神経衰弱」が悪化し、「此の分だと一生このあたまは使へないやうになるのぢやないかなどと大変悲観したことをいつて来た[7]」のに対しても、彼女は「呑気にそれをべつに重大に考へるでもなく、深くも気に止めてなかつた[8]」のであった。手紙の言葉の裏に、苦悶する「霧の中に閉じ込められた孤独の人間[9]」が存在することを知るはずもなかった。それは鏡子の想像力の欠如・共感する能力の希薄さによるのであろう――しかしよくいえば、鏡子は漱石を信じ切っていた。

ところで、昭和も最末期の一九八六（昭和六十一）年秋、偶然、鏡子が書いた一通の手紙が発見された。手紙は、鏡子がイギリス留学中の夫・漱石に宛てて書いたものであった。「漱石夫人のラブレター」などと呼ばれる手紙で、翌年岩波書店『図書』四月号に全文が公開された。消印は東京が一九〇一（明治三十四）年四月十三日、ロンドンが同年五月二十三日である。

手紙は、発見の二年前に没した野上弥生子の遺品の中にあった。野上弥生子は作家修業時代、漱石の丁寧な助言や指導を受けており、漱石死後も鏡子とはその晩年まで交流が続いた。また、夫の野上豊一郎は「木曜会」の常連の一人であったから、彼女と漱石夫妻との縁は浅くはなかった。しかし、漱石が密かに保管していたと思われる鏡子の「ラブレター」が、どうして弥生子の手に渡ったのか、その経緯は「謎のまま[10]」である。

鏡子の「ラブレター」は、「二月廿日に御出しに相成《あいなり》候御手紙は先日拝見致し候」で始まる。その二月二十日付の漱石の手紙には、「おれの様な不人情なものでも頻りに御前が恋しい」、「日本の人は地獄（売春婦のこと。引用者注）に金を使ふ人が中々ある　惜い事だ　おれは謹直方正だ　安心するが善い」と、珍しく鏡子への素直な思いが書かれていた。鏡子の手紙はそれに応じたものである。読みづらいが、『図書』の文章をそのまま引用する。ただし、一部送りがなを（　）で補ったり、ルビを付したりした。

あなたの帰り度《たく》なつたの淋しいの女房の恋しいなぞとは今迄にないめつらしい事と驚いて居ります　しかし私もあなたの事を恋しいと思ひつゝけている事はまけないつもりです　御わかれした初（め）の内は夜も目がさめるとねられぬ位かんかへ出してこまりましたけれ共之《これ》も日か立てはしぜんと薄くなるだらうと思ひていました処《ところ》中ゝ日か立（つ）てもわすれる処《どころ》かよけい思ひ出します　これもきつと一人思（ひ）でつまらないと思つて何も云はすに居ましたがあなたも思ひ出して下さればこんな嬉しい事はございません　私の心か通したのですよ　然し又御帰りになつて御一処《ごいっしょ》に居たら又けんくわをする事だ〔ら〕うと思ひます

手紙には家族のことだけではなく、正岡子規や菅虎雄、またかつての書生たちの動静が要領よく書かれているが、やはり印象的なのはここに引用したような部分であろう。漱石の耳元でささやくような口調である。鏡子は「頻りに御前が恋しい」という漱石の言葉がよほど嬉しかったのだろうか、「今迄にないめつらしい事と驚いて居ります」と書きながら、夫のメッセージに精一杯応えようとしている。コケティッシュな甘えにも嫌味は感じられない。ささやきは続く。

> 私か小供か死（ん）だら電報位は来るだらうとの事私は御留守中いくら大病にかゝ（つ）ても決して死にませんよ　どんな事があつてもあなたにおめにかゝらない内は死なゝい事ときめていますから　御安心遊ばせ　此節は廿五円のくらしになれて一向平気な者に御座候　それ故いつもおとよさん（鏡子の一番下の妹、漱石のお気に入りであった。引用者注）たちに御姉さんけちんぼうねへといはれ居候　之も少しの間のしん坊　御帰りになる時がきたらさぞうれしいだろうと　それを思へば何も思ふ事もなく心配も何方《どこ》かへとんでしまいます

「私か小供か死（ん）だら電報位は来るだらうとの事……」というのは、漱石が手紙の中で「御前でも子供でも死んだら電報位は来るだらうと思つて居る　夫《それ》だから便りのないのは左程心配にはならない　然し甚だ淋（し）い」と、苛立ち気味に訴えている部分に対応したもので

ある。「廿五円のくらし」とは、鏡子が月二五円の生活費で暮らしていたことをいう。漱石には留学中、年間千八百円の留学費とは別に、年俸三百円が支給されていた。その三百円（月額二十五円）が鏡子の生活費であった。実家の離れに住んでいたから家賃を払う必要はなかったが、この一月に生まれたばかりの恒子と二歳になる筆子がおり、お手伝いさんを二人雇っていた。もっともお手伝いさんは後に使わなくなったようで、漱石は、「下女暇をとり嘸かし御多忙御気の毒に候　金が足りなくて御不自由是も御察し申す　然し因果とあきらめて辛防なさい人間は生きて苦しむ為の動物かも知れない」（九月二十六日付書簡）と、鏡子を慰め励ましている。熊本では月額百円で暮らしていたから、鏡子の感覚からすれば、月額二十五円の東京生活は苦しかったに違いない。実家から経済的援助を受けることもできなかったし、お金の苦労を知らずに育った鏡子にしては、やむを得ないこととはいえ、よく「しん坊」し留守を守った、といっていいであろう。

ささやきはなおも続く。

あなたは余程おかしな方ねへ　地獄はかはない謹直方正たなんぞとわざ〳〵の御ひろうあなたの事ですものそんな事は無（い）と安心しています　又あつても何とも思ふ者ですか　たゞ丈夫でいて下さればそれか何より安心です　然し私の事をおわすれになつてはいやですよ

鏡子の語りかけには女らしい媚はあるものの、わざとらしさや嘘は感じられない。開けっぴろげで若々しい女の情愛に満ちている。当時の漱石は、下宿の主婦などの些細な言動に腹を立てることはあったが、まだ、女の〈技巧〉に猜疑の目を向けることはなかったようだ。手紙を読んだ漱石の暗く孤独な心は、大いに慰められたに違いない。たとえ、そこに鏡子の〈無意識の技巧〉が潜んでいたとしても。

この頃の漱石の日記に、「五月二日（木）中根ノ母、ト妻ヨリ手紙来ル　筆ノ写真モ来ル」、「五月二十三日（木）妻ヨリ二通ノ手紙来ル」、「五月二十九日（水）遠山ト妻ヨリ手紙来ル」とある。筆不精を自認する鏡子から、一ヶ月に四通も手紙が届いたというのは意外である。『漱石の思ひ出』によると、鏡子は当時、毎日長女・筆子の育児日記を付けていた。どうやら、彼女の「筆不精」は額面通り受け取れないところがある。夫の留学中、彼女自身と身近に起こった出来事――出産、育児、父親の失職、実家の零落、生活苦等――これらの出来事は「大体が細かい神経を持たない」鏡子にも、強いストレスをもたらしたと思われる。それは鏡子の「持病」[11]（ヒステリーのことか？）を引き起こすほどであった。鏡子が漱石の注文通りに手紙を書かなかったのは、鏡子悪妻説に与する人々がいうように、単に彼女の「無理解と無反省と無神経」によるだけではなかったのだ。また、鏡子は漱石を信じ切っていたが、「頻りに御前が恋しい」（二月二十日付書簡）というような、夫の単純明快な言葉が欲しかったのではないか。

五月二十九日の日記には、「Hales(Prof) へ手紙ヲ認ム　妻へモ出ス」（傍点引用者）とも書かれている。この「妻へモ出ス」と書かれた手紙は、鏡子の「ラブレター」への返信であったと思われるが、残念ながら——鏡子が破棄したのであろうか——『漱石全集』にも掲載されていない。

また、同じ日記にある「Hales(Prof)」とは、ロンドン大学（キングスカレッジ）のヘイルズ教授のことである。漱石は、五高校長・桜井房記から外国人英語教師の選定を指示されており、ヘイルズ教授にその仲介を依頼していた。ヘイルズ教授はウイリアム・スウィートという二十四歳の教え子を紹介した。漱石はスウィートと面談を重ね、彼を五高英語教師に推薦する。スウィートはこの年の十月から一九〇六（明治三十九）年七月までの五年間、五高に勤務した。この人事案件の解決が、五高教授・夏目金之助としての最後の仕事であった。

この後漱石は、留学生活の一切を投入して、独自の文学理論の構築に没頭することになる。一九〇二（明治三十五）年三月十五日付書簡において、漱石はその壮大な構想を義父・中根重一に向かって誇らしげに述べている。漱石はこう書いた——「世界を如何に観るべきやと云ふ論より始め　夫《それ》より人生を如何に解釈すべきやの問題に移り　夫より人生の意義目的及び其活力の変化を論じ　次に開化の如何なる者なるやを論じ　開化を構造する諸原素を解剖し　其聯合して発展する方向よりして文芸の開化に及す影響及其何物なるかを論ず」と。

鏡子の「ラブレター」は「御覧遊はしたら破いて下さい」という文で締めくくられていた。他の手紙にまぎれて、万一人目に触れるのを危惧したのであろう。だが、漱石は破り捨てなかった。同じように鏡子も、漱石の返信を密かに保存していたのかもしれない。また、鏡子の「ラブレター」は一通だけではなかったのかもしれない。だがそうだったとしても、それらの行方は分からない。

注

（1）一九〇〇（明治三十三）年十二月二十六日付書簡による。
（2）一九〇一（明治三十四）年二月二十日付書簡による。
（3）一九〇一（明治三十四）年三月八日付書簡による。
（4）一九〇一（明治三十四）年九月二十二日付書簡による。
（5）一九〇一（明治三十四）年九月二十六日付書簡による。
（6）松岡筆子筆「夏目漱石の『猫』の娘」による。
（7）夏目鏡子述・松岡譲筆録『漱石の思ひ出』の「一六　白紙の報告書」による。
（8）同右
（9）講演「私の個人主義」（一九一四）年による。引用は平成版『漱石全集』から。
（10）中島国彦早稲田大学教授筆「一九〇一年春、異国の夫へ——新資料・留学中の漱石宛、鏡子夫人の手紙——」による。岩波書店『図書』一九八七（昭和六十二）年四月号に掲載された。
（11）一九〇二（明治三十五）年七月二日付鏡子宛書簡に、「其許《そこもと》の持病起り相のよし　よく寐てよく食ってよく運動して小児と遊べばすぐ癒る事と存候」とある。

留学後の誤算

東京に伝わった「夏目は英国で精神に異常をきたした」という噂を追いかけるように、漱石は二年余の留学生活を終えて帰国した。それは日露戦争勃発の前年（一九〇三年）、漱石が三十六歳になったばかりの一月末のことであった。その後「あたまの病気」が悪化する六月までの数ヶ月間、漱石は時々イギリスから持ち帰った関係妄想に襲われることはあったが[1]、比較的安定した精神状態を保った。ただしその時期は多事多難の連続で、神経をすり減らす出来事が相次いで起こった。留学中夢想したように、「日本服をきて日のあたる椽側に寐ころんで庭でも見[2]（て）」、のんびりと毎日を過ごすわけにはいかなかった。

漱石は、独自の文学理論を開拓し完成させようとする、遠大な野望を抱いていた。そのために、東京で研究に負担のかからない程度の職業に就き、場合によっては義父・中根重一からなにがしかの経済的援助を受けることを、密かに期待していたと思われる。漱石が留学中、専門外の義父（中根重一の専門は医学及びドイツ語であった）に向けて、書物刊行の希望を述べ文学論の構想を詳細に書き送った[3]のは、そのためもあったのだろう。

だが、漱石の考えは甘かった。帰国し自己を取り巻く現実を目の当たりにした時、漱石は愕然としたに違いない。投機で大損をした義父・中根重一の経済的破綻は、留学中よりさらに悪化しており、娘婿を援助するどころの状態ではなかった。漱石は早急に経済的に自立することを余儀なくされた。しかし東京で職を得るためには、その時在籍していた五高との気の重い折衝が控えていた。留学をバックアップした五高当局は、漱石が熊本に帰って来ることを要求した。五高への帰任が、五高教授の資格で留学をした者の礼儀でもあっただろう。また五高側からすれば、帰国の報告にも来ず五高を去ろうとするのは、〈恩を仇で返す〉行為であるという思いがあったかもしれない。結局漱石は、狩野亨吉・大塚保治・菅虎雄など、旧友たちのコネと好意を最大限活用することで、五高退任を強行しなければならなかった。彼は菅虎雄を通して、医学博士・呉秀三に健康診断書のでっち上げ作成さえも依頼している[4]（実際診断書が作成されたかどうかは不明だが）。

漱石は、三月三十一日付で五高をいったん退職し（教授のままでの転任は叶わなかった）、東京帝大及び一高の講師として教壇に立つことになり、何とか生活の目途を立てることができた。年俸は東京帝大が八百円、一高が七百円、合計千五百円（月額百二十五円）であった。五高時代の年俸・千二百円（月額百円）からすれば多少の収入増ではあったが、物価高の東京で子供二人（十一月には三人になる）を抱えて中流以上の生活を維持するのは、決して楽ではなかったようだ（ちなみに、すでに四年前、三十七歳の森鷗外の給与は月額百九十三円であった[5]）。しかも、漱石が毎月百二十五円の給与を受け取るようになるのは四月以降のことであったから、それまでの三ヶ月間は借金を重ねて過ごさなければならなかった。

悩みは経済生活だけではなかった。漱石は留学中から、「日本へ帰りて語学教師抔に追（ひ）つかはれ」ては、「思索の暇も読書のひまも無之《これなき》かと心配(6)」していたが、生活のためとはいえ「語学教師」（一高講師）のみならず、東京帝大の講師を引き受けることになってしまった。講義ノートづくりに時間を取られ、「思索の暇も読書のひまも」ない生活が現実のものとなる。それは人生設計の根幹に関わる大問題であった。畢生の事業であるはずの文学論研究の継続に、赤信号が灯ったのだ。だからといって、妻子のある身で年俸八百円の収入源を放棄するわけにはいかない。漱石の内部にストレスと焦燥感がわだかまっていった。

加えて、受け持った講義の前任者が、不本意な形で大学を去ることになった小泉八雲（ラフカディオ・ハーン）であったことも、漱石にとっては不満であり不安でもあった。英文科の学生たちが小泉八雲の退任に強く反対していたからである。鏡子によると、そのことで漱石は「狩野さんや大塚さんに抗議を持ち込んで居た」という（『漱石の思ひ出』「一八　黒板の似顔」）。

夏目の申しますのには、小泉先生は英文学の泰斗でもあり、又文豪として世界に響いたえらい方であるのに、自分のやうな駆け出しの書生上りのものが、その後釜に据つたところで、到底立派な講義が出来るわけのものでもない。又学生が満足してくれる道理もない。尤も大学の講師になつて、英文学を講ずるといふことが前からわかつてゐたのなら、その積りで英国で勉強もし準備もして来るであらうのに、自分が研究して来たのはまるで違つたことだなどとぐづついてゐたやうですが、結局狩野さんあたりからまあ〳〵となだめられて落ちつきました。（同前）

果たして、英文科の学生たちは小泉八雲留任運動に立ち上がった。三月二日、学生たちは大学内で会合をもち、留任運動について協議した。さらに、午後五時から会場を「本郷臺町の基督教青年會館」に移し協議を続行した。英文科のほとんどの学生が結集し、議論は五時間に及んだ。集会では強硬論が大勢を占め、さながら小泉八雲留任運動に向けた総決起集会の観を呈した。参加者の総意は、「運動が當局者から弾壓されるならば總退學を決行する」という、小山内薫ら急進グループの主張に傾いていった。具体的な行動としては、「運動委員」五名を選出し、とりあえず「井上學長に此の事を陳情する事に衆議一決した」。三月六日「學長との會談」の報告会が行われたが、運動委員長の報告によると「大體に於てこの運動が成功するみこみがある」ように思われた（この段落の引用は、金子健二著『人間漱石』[7]の「ヘルン先生留任運動の餘燼」による。以下の学生たちの動向に関する引用も、同書からのものである）。

金子健二には留任運動は成功するかのようにみえたが、井上哲次郎学長は、すでに一月中旬、小泉八雲に対して、三月いっぱいで契約を打ち切ることを通告しており、その意志は固かった。小泉八雲は、学期最後の講義予定日（三月十九日）に、学内に姿を現さなかった。学生の間に

「小泉八雲の退職内定」という噂が広まり、「英文科の學生は皆此の呪ふべき豫感に襲はれてゐた」。ところが、三月末は学期試験から春期休業へと続く時期に当たり、留任運動は盛り上がらず尻すぼみ状態になっていった。そして学生たちの予感は的中した。

四月、小泉八雲の後任に、夏目漱石、上田敏、アーサー・ロイドの三人の着任が正式に決定した。持ち時間は、漱石が週六時間、上田敏が四時間、アーサー・ロイドが二時間であった。なお、漱石は一高で週二十時間の授業を受け持つことになっており、そこに大学の講義・六時間が加わるのは、新米講師である漱石にとって決して楽なことではなかった。漱石は当分、講義ノートづくりに没頭しなければならなかった。

小泉八雲贔屓の学生たちの反感や不満のエネルギーが、持ち時間の一番多い漱石——彼が小泉八雲追放の中心人物と見なされたのかもしれない——に向けられていった。エリート意識の旺盛な学生たちは、漱石のことを「夏目金之助とかいふ『ホトトギス』寄稿の田舎高等學校教授あがり」と小馬鹿にした。また、小泉八雲との講義スタイルの違いが、漱石に対する学生の拒否反応を強めることになった。一般講義『サイラス・マーナー』(8)の訳読では、指名された学生は漱石に発音を片っ端から訂正され「衆人環視の中で大きな恥辱を與へられる事になつた」。彼らは「再び中學生に戻されたやうな屈辱を感じた」。一方、英文科の学生を対象にした「英文學概説」の方は、あまりに「理論づくめなので」「文學そのものに對する興味をそがれる」と、学生たちは不平不満をつのらせていった。

学問に誠実であろうとする漱石の努力は、しばらくの間空回りを続け、彼の鋭敏な神経を苛んでいった。五月になると、小山内薫や川田順[9]は全く教室に来なくなり、結局小山内薫は落第し、川田順は法科に転科してしまう。五月中旬、大学の「英文會の主催」で新任講師の歓迎会が開かれたが、漱石は一言も喋らなかった。

六月中旬に実施された学年末試験の成績は惨憺たるものであった。漱石は辞職を決意する。学長に慰留されて辞職は思いとどまったものの、漱石の大学に対する嫌悪が収まることはなかった。ただ漱石が毛嫌いしたのは〈大学〉であって、自分への反感を隠そうとしなかった学生たちではなかった。不思議なことに、彼は学生たちを一言も非難していない。どうやら漱石が大学嫌いになったのは、小泉八雲留任運動のとばっちりを受けたことによるだけではなかったようだ。金子健二は『人間漱石』において、「同じ文科大學の中にも、漱石先生を毛嫌ひしてゐた元老株のやかましやだの、或は漱石先生から小僧扱ひされてゐた若い教授も在つた程」で、彼らの「沈黙の壓迫は相當にひどかつたと私は仄かに聞いてゐた」と述べている。漱石は教官室に寄りつかなかった。教室で授業をする方がまだ気が楽であったのだろう。

> 聞く処によると、先生は其頃、教授室にはめつたに入らなかつたさうである。そのためいつも教室へ、オウヴァア・コウトとステッキと帽子を持ち込んで、卓上に置かれた。而して二時間ぶつ通して講義を終ると、其儘眞つ直に歸られた。たまに教授室へ入つても、椅

子を横にねぢ向けてほかの人の存在におかまひなく、ひとりで本を読んで居られたさうである。

（野上豊一郎「大学講師時代の夏目先生」[10]）

家庭においては、それまで比較的安定していた精神状態が、六月になると俄然変調をきたし始める。

『漱石の思ひ出』（「一九　別居」）によると、漱石は、夜中に「無闇と癇癪をおこして、枕と言はず何といはず、手当り次第のものを放り出し」たり、「子どもが泣いたといつては怒り出し」たりした。「何が癪に障るのか女中を追ひ出し」たこともあった。鏡子は軽い肋膜炎に罹り床に伏せりがちで、そのうえ悪阻に苦しんでいたが、漱石はそんな鏡子にも当たり散らした。「しきりに里へ帰れといふことを面と向つて」言うし、「一先づ身を引いて様子を見よう」と、七月、鏡子は二人の娘と共にいったん実家に帰ることにする。こうして漱石夫妻は、二ヶ月間の別居生活に入った。

注

（1）日本に帰って三、四日経った頃、火鉢の向こうに大人しく座っている長女・筆子を、漱石がいきなりひっぱたいたことがあったという。これは『漱石の思ひ出』の中で詳しく説明されているように、関係妄想の典型的な例である。また、留学に立つ前に鏡子に贈った短冊を、東京に帰着するや否や、鏡子の面前で破り捨てたというのも、その現れであろう。留学末期の一時期、下宿の親切な家主であるリール姉妹が、漱石にとっては自分を迫害する敵に見えていた。『自転車日記』には「白旗を寝室の窓に翻して下宿の婆さんに降を乞ふ」などと書いている。

（2）一九〇二（明治三十五）年四月十七日付鏡子宛書簡による。「野原へ出て蝶々やげんげんを見るのが楽〔しみ〕に候」とも書いている。

（3）一九〇二（明治三十五）年三月十五日付の、ロンドンから中根重一に宛てた書簡。この中で漱石は、義父に向けて文学論構築の十年計画を開陳している。

（4）一九〇三（明治三十六）年三月九日付の菅虎雄宛書簡に「偖《さて》小生熊本の方愈辞職と事きまり候に就ては医師の珍《診》断書入用との事に有之候へども知人中に医者の知己無之大兄より呉秀三君に小生が神経衰弱なる旨の珍断書を書て呉る様依頼して被下間舗候や」とある。

（5）ウェブサイト「コインの散歩道」の「明治人の俸給」による。

（6）注（3）と同じ中根重一宛書簡による。

（7）金子健二著『人間漱石』協同出版（一九五六年刊）。著者・金子健二は、一九〇三（明治三十六）年当時、東京帝大英文科の一年生であった。

（8）『サイラス・マーナー』は、ヴィクトリア朝を代表する作家の一人・ジョージ・エリオットの小説。無実の罪を着せられた職工が、孤児との関わりを通して心を洗われていく過程を描いた。

（9）川田順は実業家で歌人。第二次大戦後、若い人妻との〈老いらくの恋〉でマスコミの話題となる

（10）野上豊一郎筆の「大学講師時代の夏目先生」は、平成版『漱石全集』別巻「漱石言行録」による。初出は昭和三年版『漱石全集』月報第九号。

弔いに鯛を贈る

「大塚ノ三女ガ先逹テ病気デ死ンダ　僕ハ見舞ニ鯛ヲヤツテ笑ハレタ」[1]——漱石が菅虎雄宛の手紙の中にこう書いたのは、留学から帰国した年の六月のことである。ちょうどこの頃から翌年にかけての一年間は、漱石の「あたまの病気」が最も激化した時期であった。それにしても、娘を亡くし悲嘆にくれている友人に鯛を贈るとは、常軌を逸していると言わざるをえない。『文学論』序において漱石は、自分は親戚の者にさえ「神経衰弱にして兼狂人」と思われている、と述べた[2]が、確かに漱石のやったことは、神経衰弱（いわゆるノイローゼ）のレベルをはるかに超えているようだ。もっとも神式の葬儀の場合、神饌として祭壇に鯛を供えることはある。だが、それは遺族が故人に対して行うものであって、遺族以外の者が喪家に鯛を贈ることはまずありえない。

いずれにしても、お悔やみに鯛を贈るという漱石の行為が、強度の神経衰弱によるものであったのか、それとも何らかの精神病に起因するものであったのかは別にして、本来極めて理性的かつ倫理的な漱石の心が、当時大きくバランスを崩していたのは間違いない。

漱石の異常な神経の矛先は、二つの方向に向けられていた。

一つは、最も身近な存在である鏡子に対してである。「（鏡子は）小刀細工ばかりやつて怪しからぬ奴だ」というのが漱石の言い分であった。漱石は、〈主犯格〉の鏡子が配下の子どもたちやお手伝いさんなどを使って、自分を監視し追跡し、嫌がらせをしていると信じ込んでいた。「熊本時代に家に居られた土屋さん（熊本で夏目家の書生をしていた土屋忠治のこと。引用者注）なんぞだと、もう私の味方だとかいつて、家へ来ただけで御機嫌が悪い[3]」という有様であった。一方、鏡子の影響力が及んでいないと思われていた寺田寅彦や高浜虚子（二人は頻繁に千駄木の家を訪れた）などに対しては、漱石は異常なところを全く見せなかった。

もう一つは、教授・博士などの地位や肩書きに対する反感、さらには学者や学問の権威を集約するものとしての、帝国大学への異常な嫌悪となって現れた。漱石は五高時代から学者をもって自ら任じていたが、学問の権威化には一貫して反発した。留学中、「博士なんかは馬鹿々々敷《しい》　博士なんかを難有〔が〕る様ではだめだ　御前はおれの女房だから其位な見識は持つて居らなくてはいけないよ[4]」と鏡子を諭している。実際漱石は、一九〇六（明治三十九）年、ほぼ決定していた教授昇任を蹴って大学を辞め、朝日新聞に入社した。一九一一（明治四十四）年には、せっかく文部省が発令した博士号の授与を辞退し、返上する。共に前例のない、社会通念上〈非常識な〉決断であったため、マスコミの話題となり人々を大いに驚かせた。

千駄木の家の向かいには学生のための下宿屋があった。「あたまの病気」がひどかった頃の「断片」（メモ）には、幻聴と思われる学生たちの〈会話〉が、詳しく書かれている。幻聴の多くは、大学における漱石自身に関する噂話であった。漱石は、学生に向かって毎朝大声で「探偵君!」と呼びかけた(『漱石の思ひ出』「二一　離縁の手紙」)という。また、大学図書館の事務員の声がうるさく読書ができないと立腹し、文書で学長に抗議を申し入れたことがあったが、これも幻聴によるものと思われる。朝日新聞への「入社の辞」[5]においては、「余の講義のまづかつたのは半分は是が為めである。学生には御気の毒だが、図書館と学長がわるいのだから、不平があるなら其方《そっち》へ持つて行つて貰ひたい。余の学力が足らんのだと思はれては甚だ迷惑である」と、軽い調子で大学への不満を述べた。だが冗談めかしているとはいえ、新聞に発表した「入社の辞」の内容としては穏当を欠くのではないか。そこには、大学に対する漱石の否定的感情と被害者意識が、はっきり表れている。

森田草平の次の言葉は、その辺の事情を示しているのだろう。「もう一つ先生の大学ぎらいの理由――これも私にはよくわからない。一生のあいだ、先生の好悪を支配したものには、常に明白な理由と根拠がある。しかるにこの二つだけ(英国ぎらいと大学ぎらい。引用者注)は、どういうものか、その理由も根拠も明示されていない」(『夏目漱石』[6]「第二部　漱石先生と私」)。

漱石を大学講師に採用するように学長に推薦したのは、大塚保治であった。にもかかわらず、漱石が彼の娘の死に鯛を贈った心理の背景には――憶測の域を出ないのだが――今述べたような、大学の権威に対する病的な反発と被害妄想があったのではないか、と思われる。

〈鯛事件〉を考えるために、一九〇三(明治三十六)年前半の漱石と大塚保治との関わりを整理すると、次のようになる。

○一月（か前年末）、大塚保治が漱石を帝大英文科講師に推薦する。大学当局は小泉八雲を辞めさせる意向を固め、その後任人事を検討していた。

○三月二日、英文科の学生が、小泉八雲退任反対の〈総決起集会〉を開催する。

○三月三日、漱石一家は中根家での居候生活を切り上げ、本郷区駒込千駄木（現文京区向丘二丁目）の借家に転居する。「けれども有金は殆んどないのです。そこで大塚博士の貯金のうちから百円か百五十円かをお借りして、漸くそこへ落ちつくことが出来ました」（『漱石の思ひ出』「一八　黒板の似顔」）。

○三月（？）、小泉八雲の後任として大学に勤めることに関して、狩野亨吉と大塚保治に抗議する。

○四月より東京帝大と第一高等学校に勤め始める。

○四月三十日、漱石に「（五高を）退官ニ付年俸三ヶ月分」（三百円）が下賜される。生活費や大塚保治以外からの借金の返済に充てたと思われる。

○五月中旬、大塚保治夫妻の三女が死亡する。漱石が葬儀に参列したかどうかは分からない。

○五月中旬か下旬、大塚保治が、「百円か百五十円か」の返済を求めてくる。漱石は山川信次郎から借金をして返済する。「大塚の三女病気にて死去　夫《それ》が為同人よりの借銭返却の為め貧乏なる山川を煩はし候」（五月二十一日付菅虎雄宛書簡）。山川信次郎は、女性スキャンダルのために一高を退職し、この時失業中であった。
○六月四日、大学図書館の事務員が声高に談笑して読書の邪魔をするとして、学長に抗議する。
○六月十四日、菅虎雄宛の手紙に「大塚ノ三女ガ先達テ病気デ死ンダ　僕ハ見舞ニ鯛ヲヤツテ笑ハレタ」と書く。「高等学校ハスキダ　大学ハやメル積ダ」とも書く。
○六月二十五日、漱石らしくないことだが、寝坊（？）をして一高の「点数会議」を欠席する。
○六月末、学長に大学を辞めたいと申し出るが、慰留される。
○七月二日、菅虎雄宛の手紙に「大塚モソンナニ落胆シテ居ナイ様ダゼ　尤モ是は僕ノ様ナ不人情ナ人間カラ見ルカラ左様ニ見エルノカモ知レナイ」と書く。
○七月二十二日、菅虎雄の母親（久留米在住）が亡くなる。大塚保治・狩野亨吉と相談し、連名で香典五円を送る。

以上の経緯を見る限りにおいては、大塚保治へのお悔やみに鯛を贈るような、たちの悪い嫌がらせをする理由は見当たらない。かりに、以上の経緯以外に何らかのトラブルが保治との間にあったのだとしても、日本人の慣習と儀礼を無視した漱石の行為に、弁護の余地はあるまい。やはり漱石は「あたまの病気」――強度の神経衰弱ないしは精神病――にとらわれていた、といわざるを得ない。

大塚保治は公私にわたって漱石を援助していた。のみならず大学勤めの先輩として、大学において孤立無援の状態であった漱石を励まし、あるいはあれこれ助言をすることもあったはずである。ところがそれが逆に、漱石の大学への反感と相まって、彼の猜疑心と被害者意識を刺激したのではないか。増幅された被害妄想は、大学において唯一信頼に足る友人・大塚保治を、学長が差し向けた〈探偵〉とみなした。「百円か百五十円か」の借金返済を要求されたことも、漱石の疑心暗鬼を膨らませたのかもしれない。彼（大塚保治）は、大学内外で自分の動静を監視し、嫌がらせをしては逐一学長に報告している――漱石はそんなふうに考えたのだろう。ただし、学長に講師辞任を慰留されたのを契機に、大塚保治に向けられた被害妄想は解消していったと思われる。

〈憶測〉をもう一歩進める。

漱石は「見舞ニ鯛ヲヤツテ笑ハレタ」と述べたが、彼自身が鯛をぶら下げて大塚家に出かけて行ったのではあるまい。漱石はお手伝いさんに命じて――鏡子は肋膜炎と悪阻のため家事に直接携わっていなかった――魚屋に贈答用の鯛を注文し、大塚家に届けさせるようにした。翌日、用意した鯛を大塚家に持参した魚屋は、忌中の札が張ってあるのを見て仰天した。彼は、鯛を大塚家に渡さないまま、慌てて引き返し事情を説明した。漱石は勤務中で留守であったが、事情を知った鏡子は鯛の贈答を中止した。結局鯛は大塚家に渡らず、漱石は大塚家の怒りを買ったり、物笑いの種になったりせずに済んだ。したがって鯛をやって「笑ハレタ」と漱石が書いたのは、大塚家の人々にではなく、鏡子やお手伝いさんに〈嘲笑された〉という意味なのであろう。

ひょっとして〈鯛事件〉なるものは、始めから鏡子とその〈配下〉のお手伝いさんへの嫌がらせを意図して企まれ、引き起こされたものであったのかもしれない。いずれにしても、それは、鏡子に夫の「あたまの病気」をより一層確信させることになったであろう。

〈鯛事件〉などは、漱石文学の本質とは何の関わりもないというのであろうか、数多い漱石研究家の中で、この問題に言及した者は皆無に近かった。そのほとんど唯一の例外が、小坂晋である。彼は、その著書『漱石の愛と文学』[7]において、漱石と大塚楠緒子の作品を詳細に比較検討し、そこに「葉隠的恋」なるものの存在を指摘したが、同時に〈鯛事件〉を、漱石・楠緒子・保治の三角関係に結びつけて論評した。常軌を逸した漱石の行動の裏に、保治と楠緒子に対する屈折した思いが隠されているというわけである、小坂晋によれば、それは保治への嫉妬であり、「三女の死に鯛を送ったという、時には狂気の一歩手前の妄執となった恋」であった。

小坂晋は明確に、その頃の神経衰弱の「主たる原因」は「講義問題と再び楠緒子をめぐる三角関係の復活」にあると断言する。ただし彼は、この学生時代の三角関係の復活は——具体的な〈証拠〉が全くないからであろう――「漱石の心の深層で復活した」「葉隠的恋」であると、曖昧化せざるを得なかった。

だが、『漱石の愛と文学』「第二章　いつまで草」における彼の分析は、次のように明快である。

三十六年五月、大塚家の三女が亡くなり、葬儀費用として借金返済を迫られるや、漱石は斎藤阿具・山川信次郎などの友人間を奔走しなければならぬ羽目に陥った。（中略）神経衰弱が悪化していた漱石は、大塚家の三女の死に対する見舞いとして鯛を送るという悲惨で異様な行動を取る。大学教授・文学博士として漱石よりほぼ十年先行する親友、保治である。しかも恋人も譲り、貧窮に喘ぐ漱石に、富裕な大塚家が何故、借金返済を迫ったのか、その経緯はつまびらかにしないが、失恋、借金、学者としての立ち遅れといった重なるコンプレックスに触られた時、過敏な分裂症的神経衰弱にあった漱石が、このような外罰的攻撃態度を取ったのも了解不能な行為ではない。

ところで、大塚楠緒子が保治と結婚したのは二十歳の時であった。夫の保治は、大学卒業の際〈恩賜の銀時計〉を授与された秀才であった。旧姓「小屋」といい、結婚を機に大塚家の婿養子となる。漱石は保治の友人として結婚披露宴に出席している。鏡子と結婚する前年のことであった。楠緒子は結婚の前後から短歌や小説を雑誌に発表しており、かつ評判の美人であった。「ほっそりとして垢ぬけのした美人で何から何まで粋づくり素肌に長襦袢を着た襟もとの綺麗さには、女ながらも振ひつきたいやうに感じた(8)」といわれたほどである。「文学趣味があつたわけでも（ない）」鏡子でさえ、「大塚楠緒子さんの噂は度々頭本《づもと》さん（伊藤博文の秘書。引用者注）の奥さんあたりからも聞き、又結婚なさる時に美しいローマンスのあつたことなども、其当時の私共若いものには知らないものがなかつたのです」（『漱石の思ひ出』「四　新家庭」）と述べている。

千駄木の漱石の家から大塚夫妻の住まいまでは直線距離で一キロ足らずであったから、漱石と保治の交友が八年ぶりに復活するのは自然なことであった。大塚保治はその頃のことを、「私は屢々千駄木町の御宅に訪ねて行つたが、其時分夏目君はひどい大神経衰弱の絶頂で、いかにも苦るしさうであつた(9)」と回想している。野間眞綱は、千駄木時代のこととして「大塚先生もよく來訪された様子であつたが先生（漱石のこと。引用者注）の方から大塚先生の御宅へ出向はれた方が寧ろ多かつたのではなかつたかと思ふ(10)」と述べている。

〈人、木石に非ず〉である。漱石が美しい友人の妻に興味を持ったのも、自然なことであったろう。楠緒子は佐々木信綱門下の歌人であり、英語を明治女学校に学び、ピアノを弾くことができた。料理も得意で、鏡子とは全く別のタイプの女性であった。〈隣の芝生は常に青い〉というのも人間の普遍的な心理であろうから、漱石が楠緒子の中に「理想の美人」を見た(11)としても、彼の人間性が貶められることにはならないだろう。また、保治に対する嫉妬心の噴出を抑制できない時があったとしても、それは自然な男性心理の範囲を逸脱したことにはならない。だが、それらを「文学的な非日常の幻想愛」「一生を葉隠的恋に耐えた漱石」などというのは飛躍し過ぎではないか。まして「時には狂気の一歩手前の妄執となった恋」を推測するのは、いわば〈穿ち過ぎ〉というものであろう。小坂晋は「保治の生家・小屋家がある群馬県に赴き、小屋家に関係深い古老たちから、漱石・楠緒子・保治の若き日の三角関係について裏づけを得ることができた」（『漱石の愛と文学』序章）と強気に言い切っているが、その裏づけたるや、ほとんどが伝聞の寄せ集めに過ぎない。残念ながら〈義経北行伝説〉と同じたぐいのものである。

それでも、〈鯛事件〉に関して初めてまともな論評を加えた小坂晋の〈勇気〉は、大いに評価されるべきであろう。というのは、小宮豊隆であれ江藤淳であれ荒正人であれ、またその他の漱石研究の権威といわれる人々も、〈鯛事件〉について触れるのを回避してきたと思われるからである。例えば、荒正人は『増補改訂漱石研究年表』において、一九〇三（明治三十六）年六月十四日の項に「菅虎雄宛手紙に『高等學校ハスキダ　大學ハやメル積ダ』と心境を漏らす」と書き込

漱石の「理想の美人」大塚楠緒子（日本近代文学館提供）

みながら、どうしたことか、同じ手紙の中の「大塚ノ三女ガ先達テ病気デ死ンダ　僕ハ見舞ニ鯛ヲヤツテ笑ハレタ」の部分をカットしているのだ。後者の部分が、当時の漱石の精神状況をよりはっきり表していると思われるにもかかわらず——。

小坂晋は、多くの人が見て見ぬ振りをしてやり過ごして来た（と思われる）事実に照明を当てた。漱石・楠緒子・保治の三角関係を前提にすれば、〈鯛事件〉に関する彼の「嫉妬・コンプレックス」説は十分成立する余地がある。また、三角関係を抜きにしても、「大学教授・文学博士として漱石よりほぼ十年先行する親友、保治」に対して、漱石が対抗意識やコンプレックスを全く抱かなかったとはいえない。そして、それらの負の感情を摘出することは、漱石と漱石文学に深みと奥行きを与えることはあっても、その価値を低下させることにはならないだろう。

注

（1）一九〇三（明治三十六）年六月十四日付書簡より。書簡には「大學ノ講義モ大得意ダガワカラナイソウダ」など、愚痴っぽい近況報告を書き並べている。菅虎雄は五月末、一高教授の資格のまま南京三江師範学堂にドイツ語及び論理学の教師として赴任し、日本にはいなかった。

（2）『文学論』序に「帰朝後の余も依然として神経衰弱にして兼狂人のよしなり。親戚のものすら、之を是認するに似たり」とある。

（3）この段落における二つの引用は『漱石の思ひ出』による。前者は「二一　離縁の手紙」から、後者は「二〇　小刀細工」から。
（4）一九〇一（明治三十四）年九月二十二日付鏡子宛書簡による。
（5）一九〇七（明治四十）年五月三日の「朝日新聞」に掲載された。
（6）森田草平著『夏目漱石』全三巻　講談社学術文庫（一九八〇年刊）
（7）小坂晋著『漱石の愛と文学』講談社（一九七四年刊）。〈鯛事件〉については、第二章、第九章、第十章で述べられている。
（8）昭和女子大近代文学研究室著『近代文学研究叢書』第十一巻の「大塚楠緒子」による。引用の部分は、明治女学校の同窓生・相馬黒光《こっこう》の文章からの孫引き。
（9）大塚保治（談）「夏目君と大學」（昭和三年版『漱石全集』月報）による。
（10）野間眞綱筆「文學論の生れ出る頃」（昭和十年版『漱石全集』月報）による。
（11）『漱石の思ひ出』（「四　新家庭」）に「あれ（大塚楠緒子）は俺の理想の美人だよなどといふいらぬこと迄附け加へて話してくれました」とある。

従軍行

一九〇四（明治三十七）年五月一日早朝、日露戦争における最初の本格的な陸戦の火蓋が切って落とされた。日本軍（第一軍）は鴨緑江渡河作戦を敢行、即日対岸の九連城一帯を占領した。さらに五月六日には鳳凰城を占領し、ロシア軍を退却させた。これらの戦闘で日本軍は九百名を超す死傷者を出したが、日本軍勝利の報（号外も出た）が伝わると、国民は狂喜した。

五月八日、在京の新聞・雑誌・通信社主催の戦勝祝賀会が日比谷公園で開催され、繰り出した提灯行列は、熱狂した見物人も合わせて二、三十万人の大群衆に膨れあがった。その際、警備の不手際で群衆が将棋倒しになり、死者十九名と多数の負傷者を出すという惨事を引き起こした。

祝勝会の熱気醒めやらぬ十日、漱石の戦争詩「従軍行」の載った『帝国文学』五月号が発行された。漱石作の新体詩は平成版『漱石全集』に四編収められているが、作成時に公表されたのはこの詩のみであり、「従軍行」は、漱石が発表を意図して作った唯一の新体詩であった。主に七音の句を重ねた（五音の句は全くない）重々しい文語定型詩である。軍歌調の勇壮さはないが、勝利へ向かって奮戦する日本兵の姿と悲壮な心情が描かれている。

以下、平成版『漱石全集』より引用する。なおルビを追加し、下に語注をほどこした。

一

吾に讐《あだ》あり、艨艟《もうどう》吼ゆる、
　讐はゆるすな、男児の意気。
吾に讐あり、貔貅《ひきゆう》群がる、
　讐は逃がすな、勇士の胆。
色は濃き血か、扶桑の旗は、

※艨艟《もうどう》＝軍船
※貔貅《ひきゆう》＝猛獣。勇敢な兵士の例え
※扶桑＝日本国の異称

讐を照らさず、殺気こめて。

二

天子の命ぞ、吾讐《わがあだ》撃つは、
臣子の分ぞ、遠く赴く。
百里を行けど、敢て帰らず、
千里二千里、勝つことを期す。
粲《さん》たる七斗は、御空のあなた、
傲る吾讐、北方にあり。

三

天に誓へば、岩をも透す、
聞くや三尺、鞘走る音。
寒光熱して、吹くは碧血、
骨を掠《かす》めて、戛《かつ》として鳴る。
折れぬ此太刀、讐を切る太刀、
のり飲む太刀か、血に渇く太刀。

※七斗＝北斗七星

※戛《かつ》＝金属などのかち合う音を表す擬音語

四

空を拍つ浪、浪消す烟、
腥《なまぐ》さき世に、あるは幻影《まぼろし》。
さと閃めくは、罪の稲妻、
暗く揺《なび》くは、呪ひの信旗。
深し死の影、我を包みて、
寒し血の雨、我に濺《そそ》く。

五

殷たる砲声、神代に響きて、
万古の雪を、今捲き落す。
鬼とも見えて、焔吐くべく、
剣《つるぎ》に倚りて、眥《まなじり》裂けば、
胡山のふゞき、黒き方より、
鉄騎十万、莽《もう》として来る。

※殷＝とどろきわたる音声の形容

※胡山＝異民族の地の山
※莽《もう》＝「奔」と同義で猛烈なスピードのこと

六

見よ兵等《つわもの》、われの心は、
　猛き心ぞ、蹄《ひづめ》を薙《な》ぎて。
聞けや殿原、これの命は、
　棄てぬ命ぞ、弾丸《たま》を潜りて。
天上天下、敵あらばあれ、
　敵ある方に、向ふ武士《もののふ》。

七

戦やまん、吾武揚らん、
　傲る吾讐、茲《ここ》に亡びん。
東海日出で、高く昇らん、
　天下明か、春風吹かん。
瑞穂の国に、瑞穂の国を、
　守る神あり、八百万神。

※これ＝「われ」の誤植という説がある

※瑞穂の国＝日本の美称

この頃多くの人が戦争詩を作ったが、前号の『帝国文学』四月号にも、坪井九馬三《くめぞう》(「征露進軍歌」)、上田万年(「我兵見よやロシア国」)、芳賀矢一(「祝捷行軍歌」)、土井晩翠(「征夷歌三章」)の詩が掲載されていた。漱石も負けん気を出して(?)「従軍行」を書いたのであろうか。もしそうだとすれば大人げないことだが、三年前——満州・朝鮮をめぐる日本とロシアの対立が先鋭化しつつあった頃——「戦争で日本負けよ」[1]と言い放った漱石が、戦争詩を書いた理由は、しかも日頃書き慣れない新体詩という詩形で戦争詩を書いた理由は、はっきりしない。当時漱石は、坪井九馬三、上田万年、芳賀矢一らと共に『帝国文学』の評議員をしていたから、編集委員からの依頼に応じて義務感で書いたとも考えられる。[2]

だが、断言しうる明確な根拠はないのだが、漱石が義務感でのみ戦争詩を書いたとは、必ずしもいえないようだ。「従軍行」を発表した十年後のことになるが、漱石は講演「私の個人主義」の中で次のように述べた——「国家が危くなれば個人の自由が狭《せば》められ、国家が太平の時には個人の自由が膨張して来る、それが当然の話です」と。また「愈《いよいよ》戦争が起つた時とか、危急存亡の場合とかになれば、(中略)個人の自由を束縛し個人の活動を切り詰めても、国家の為に尽すやうになるのは天然自然と云つてい丶位なものです」とも述べている。漱石にとって日露戦争の勃発は、日本の「危急存亡の場合」であったのだろう。そのような情勢のもとでは、「個人の自由が狭《せま》められ」るのは「当然の話」であり、戦争詩を書くことが「国家の為に尽す」ことになるのなら、それは「天然自然」のことであった。

郵便はがき

料金受取人払郵便

博多北局承認

0188

差出有効期間
平成29年５月
31日まで
（切手不要）

812-8790

158

福岡市博多区
奈良屋町13番４号

海鳥社営業部 行

通信欄

通信用カード

このはがきを，小社への通信または小社刊行書のご注文にご利用下さい。今後，新刊などのご案内をさせていただきます。ご記入いただいた個人情報は，ご注文をいただいた書籍の発送，お支払いの確認などのご連絡及び小社の新刊案内をお送りするために利用し，その目的以外での利用はいたしません。

新刊案内を［希望する　希望しない］

〒　　　　　　　☎　（　　）

ご住所

ご氏名《フリガナ》　　（　　歳）

お買い上げの書店名

漱石の新婚旅行

関心をお持ちの分野

歴史，民俗，文学，教育，思想，旅行，自然，その他（　　）

ご意見，ご感想

購入申込欄

小社出版物は，本状にて直接小社宛にご注文下さるか（郵便振替用紙同封の上直送いたします。送料無料），トーハン，日販，大阪屋，または地方・小出版流通センターの取扱書ということで最寄りの書店にご注文下さい。なお小社ホームページでもご注文できます。http://www.kaichosha-f.co.jp

書名		冊
書名		冊

ただ漱石は、「(国と国との関係には) 徳義心はそんなにありやしません。詐欺をやる、誤魔化しをやる、ペテンに掛ける、無茶苦茶なものであります」(「私の個人主義」) と言っていることからすると、国家間の戦争一般を、そして日露開戦を、愚劣な行為と考えていたのではないかと思われる。だから、東京帝大教授の戸《と》水《みず》寛人《ひろんど》ら、いわゆる「七博士」のように、声高に対露開戦を主張することはもちろんしなかった。とはいえ漱石は、平民社などの非戦論に同調したり、非戦論を擁護したりすることもなかった。平民社は、「平民主義、社会主義、平和主義の理想郷」(「平民新聞」発刊の序) を掲げて非戦論を展開したが、その主張は、圧倒的な開戦論の潮流に押し流され (発禁処分等の弾圧も受けた)、あわや沈没しかねない状況にあった。

1905年6月、帝国大学英文科卒業記念写真。中列右から二人目が漱石、一人おいて上田敏（国立国会図書館デジタル資料『漱石寫眞帖』より）

『帝国文学』に「従軍行」が載った翌月、雑誌『太陽』(六月号) に、漱石の「理想の美人」大塚楠緒子が「進撃の歌」という詩を発表した。漱石は「進撃の歌」について「太陽にある大塚夫人の戦争の新体詩を見よ、無学の老卒が一杯機嫌で作れる阿呆陀羅経の如し　女のくせによせばいいのに」とけなしたうえで、「それを思ふと僕の従軍行抔はうまいものだ」（六月三日付野村伝四宛葉書）と自賛している。しかし、漱石の自賛にもかかわらず読者の評判はよくなかった。当時東京帝大英文科の二年生であった金子健二は、「（「従軍行」は）純然たる時代思想に便乗した平凡な客観詩である。夏目先生には不むきな題材だと思つた」と日記に記した。また、「英文科生の某君は『こんな拙いものを書かれては我等英文科の名を汚がす』と酷評した」とも書いている。(3) 江藤淳などは「空疎な駄作であることはあまりにも歴然としている」（『漱石とその時代』「20　日露開戦」）と切り捨てた。

確かに「従軍行」が「平凡な客観詩」であり「空疎な駄作」であるというのは、、的外れの批評ではないであろう。だが、国民の士気を鼓舞し、戦意高揚をはかるのが戦争詩のねらいであるとすれば、「従軍行」が戦争詩として不出来であることは、漱石の不名誉ということにはならない。

漱石が差別的言辞を丸出しにして茶化した大塚楠緒子の「進撃の歌」は、典型的な軍歌調の戦争詩であった。その第一連を抜粋する。

進めや進め一斉に　一歩も退くな身の恥ぞ
奮戦激戦たぐひなく　旅順の海に名を挙げし
海軍士官が潔よき　悲壮の最後を思はずや
如何で劣らむ我も又　すめらみ国の陸軍ぞ

何か恐る、事かある　何に臆する事かある
日本男子ぞ嗚呼我は　日本男子ぞ嗚呼我は

「進撃の歌」と比較すると「従軍行」には、戦いに挑む兵士（「吾」「我」「われ」）の、前向きな精神の高揚感や忠君愛国の情熱は感じられない。そもそも「吾」にとって出征は従軍であり、従軍とは「臣子」としての「分」（役割、義務）なのであって、内発的な愛国心の発露によるものではなかった。また、「讐を照らさず、殺気こめて」「聞くや三尺、鞘走る音」「剣に倚りて、眥《まなじり》裂けば」「敵ある方に、向ふ武士《もののふ》」などの詩句からイメージされるのは、近代的な組織戦を担う兵士ではなく、例えば源平時代の一騎打ちを戦う孤独な武将の姿である。そこからは近代戦のリアリティが伝わってこない。

第四連は、水川隆夫著『夏目漱石と戦争』でいうように、「われ」が一兵士として参戦した第二回旅順港閉塞作戦（三月二七日）の戦況をイメージ化したものであろうか。水川隆夫によれば、「さと閃めくは、罪の稲妻」の詩句は、「ロシア軍の探照灯によってあたりが照らし出され、敵弾が広瀬（いわゆる〈軍神〉広瀬武夫中佐。引用者注）を撃ち殺した」ことをいう。だがそうだとしても、漱石が意図したかどうかは別にして、そこにたけだけしい〈軍神〉の姿を読み取ることはできない。その点は、「進撃の歌」が「旅順の海に名を挙げし　海軍士官が潔よき悲壮の最後を思はずや」と、広瀬中佐をほめ讃えたのとは大きく異なる。

第四連について江藤淳は、「わずかにイメージに生彩があるのは第四節（第四連のこと。引用者注）であるが、それはむしろ彼の眼に映じていた生のイメージの反映であって、戦争と強いて関係づける必要のないものである[4]」と述べている。

第七連は、日本の勝利を謳いあげているようにみえるが、勝利は「戦やまん、吾武揚らん、／傲る吾讐、茲《ここ》に亡びん」と推測の域に止まっており、確信にまで高まっていない。また、主語は三人称の羅列であり、兵士の主体的な動きが全く描かれていない。そして「瑞穂の国」を守るのは戦う兵士ではなく、「八百万神」ということになっている。金子健二が「平凡な客観詩」と批判したのも当然であろう。

前年の十一月頃からこの年の始めにかけて、漱石の「あたまの病気」は最悪の状態を続けていた。日露開戦（二月十日）前後のことと思われるが、漱石はアフォリズム風の短文を紙に書き、書斎の机の上に置いていた。それは次のように「墨黒々と半紙に」書かれていた。鏡子は「気味の悪いたらありませんでした[5]」と述べている。

――予の周囲のもの悉く皆狂人なり。それが為め予も亦狂人の真似をせざるべからず。故に周囲の狂人の全快をまつて、予も佯狂（狂人のふりをすること。引用者注）をやめるもおそからず――

（『漱石の思ひ出』「二一　離縁の手紙」）

鏡子は知る由もなかったが、漱石の内奥には世界に対するやり場のない憤怒が渦巻いていた。漱石はそれを鏡子に向けて爆発させることで、かろうじて精神のバランスを保っていたようである。「従軍行」の暗さは、その暗く陰鬱な情念の反映なのであろう。

それでも「あたまの病気」は、「従軍行」を書いた四、五月頃から徐々に快方に向かっていった。漱石が『吾輩は猫である』を執筆するのは、その半年後のことである。彼は、作家としてのスタートラインに立つまで、あと一歩のところにいた。

注

（1）学生時代以来の漱石の友人・立花銑三郎がロンドンから芳賀矢一へ宛てた手紙に、「戦争で日本負けよと夏目云ひ」という「俳句めいたもの」があったという。国際情勢に関する、漱石と立花銑三郎との議論の中で発せられた言葉だとおもわれるが、詳細は不明。引用は、藤代禎輔筆「夏目君の片鱗」（平成版『漱石全集』別巻「漱石言行録」）による。

（2）水川隆夫の推測である。水川隆夫著『夏目漱石と戦争』平凡社新書（二〇一〇年刊）の、「Ⅲ　漱石と日露開戦」（2「従軍行」の問題）による。

（3）金子健二著『人間漱石』の「私の日記ところどころ」による。

（4）江藤淳著『漱石とその時代　第二部』の「20　日露開戦」による。

（5）夏目鏡子述・松岡譲筆録『漱石の思ひ出』の「二一　離縁の手紙」による。

打死をする覚悟である

一九〇六（明治三十九）年秋に執筆した『文学論』序[1]の中で、漱石は自らを「神経衰弱にして狂人」であると公言し、かつ、それ故に「『猫』を草し、『漾虚集[2]』を出し、『鶉籠[3]』を公にするを得た」のであるから、「余は此神経衰弱と狂気とに対して深く感謝の意を表する」と開き直った。のみならず、あたかも狂人であることを誇示するかのように傲然と言い放った——「余が身辺の状況にして変化せざる限りは、余の神経衰弱と狂気とは命のあらん程永続すべし」「余は長しへに此神経衰弱と狂気の余を見棄てざるを祈念す」と。

ところが鏡子によると、「悪かつた頭も（明治）三十七年の春から夏へかけて大分よくなり」、「無鉄砲の癇癪を起こして気狂じみたことをするやうなことも少《すくな》く」なった。ただ、一九〇四（明治三十七）年から一九〇六（明治三十九）年までは「一進一退の状態」で、「本当によくなつたと思つたのは（明治）四十年に今の早稲田の家に越してから」であったという[4]。

漱石が自認し鏡子が信じたように、漱石がこの時期、何らかの心の病——それがノイローゼであれ統合失調症であれ何であれ——を抱えていたのは間違いないようだ。しかし、漱石の漱石たる所以は、完全に狂人になれなかったことである。漱石の強靱な知性と精神力は、自らの心身を全面的に狂気の支配下に置くことを許さなかった。漱石は、鏡子に向けて気違いじみた痼癖を浴びせかけたが、社会的には学識豊かな文人学者という評価（変人視されることはあったが）を保ち続けていた。

例えば、一九〇五（明治三十八）年一月、『讀賣新聞』に載った「文科大学学生々活（十八）漱石と柳村」という評判記がある。筆者は正宗白鳥である。その中で白鳥は、柳村（上田敏）を、「今のやうな上皮すべりの講義でハ何の効能もなからうし、長者の鼻息を伺ふやうでハ、将来も頼もしくない方《かた》だ」とけなす一方で、漱石について次のように述べた。

其処《そこ》ハ夏目先生の方が却て悟つてゐる。てんで大学教授や文学博士などを尊とき物とも思はねバ、其の地位に上らうとも勉めない。「教師などになりたくハないが、食ふ為に止むを得ぬのだ」といふ主義を正直に奉じ、世間の事業とか名利とかを殆んど念頭に浮かべてゐない。大塚博士（大塚保治のこと。引用者注）と仲がよいのも自《おのず》から性質が似てゐるからであらう。

（中略）

（夏目先生は）、美的生活とか文芸尊崇説などを仰山らしく唱ふるの愚ハ演ぜねど、自箇《じこ》一身の沈黙の中に美術文学を深く味ひ余財なき身を以て近時の出版物を購ひ、絵画についても鑑賞力に富み、姉崎上田両先生（姉崎正治と上田敏のこと。引用者注）に一歩も劣らぬのみかこれ見よがしに意見を吐き出さぬ丈でも、胸に蓄ふる所一層多からんと思はる。こんな風であれバ、長上に愛せられやうと勉めもせねど、憎まれもせず、学生に敬はれやうともせねど、嫌はれもせず、羨ましき生涯なり、先生も元から今の如く大悟せしにあらず、熊本の高等学校にありし際ハ随分学生を苦しめて得意顔せし事もあつたさうな。

正宗白鳥が「羨ましき」「大悟せし」と見た漱石の生活は、実際には、不安定な精神的基盤の上に築かれており、いつ全面崩壊してもおかしくない状態にあった。漱石が生活の崩壊をかろうじて食い止め得たのは、既述の通り彼の強靱な知性と精神力——あるいは自己本位の立場に裏づけられた、強固な意志の力によるのであろう。

さらに漱石は、そういう内面的なパワーに加えて、並はずれた文章表現の能力と技術の持ち主であった。彼は学術的な論文や翻訳だけではなく、俳句をつくり（熊本時代と比べるとその数は激減したが）、俳体詩、写生文などを書いた。書くことは、現実と幻影が錯綜する自己の内面の混沌を、それとして捕捉し、対象化し、そして昇華することを可能にしたであろう。

無人島の天子とならば涼しかろ
能もなき教師とならんあら涼し
楽寝昼寝われは物草太郎なり
一大事も糸瓜も糞もあらばこそ

これらの句は、一九〇三（明治三十六）年鏡子と二ヶ月間の別居生活に入る直前に詠まれた。三番目の句は菅虎雄への書簡（七月二日付）に書き込まれたものだが、その中で漱石は、近い将来「脳病、神経衰弱併発医者モ匙ヲ投ゲルト云フ始末」になるだろうと述べている。実際、この頃から翌年の始めにかけては、重い「脳病、神経衰弱併発」の状態が続いた。

珍しいことに、その間漱石は、英語の詩・十一編と、自己の心境を吐露した二つの英語の散文を書いた。英詩はどの詩にも陰鬱な詠嘆の靄がかかり、いくつかの詩には原初的な世界の幻影が広がる。また、英語の散文からは暗く激しい情念の渦巻きを読み取ることができる。江藤淳は英詩に注目し、英詩は漱石の「もっとも内密な欲求の告白」であり、その詩の一つ「Dawn of Creation」について、そこに「暗示されているのはいうまでもなく嫂登世との秘密の恋である」(5)（傍点引用者）と述べた。英詩には江藤淳の解釈を許容するような詩がないわけではないが、漱石の人生の根幹に関わる推測を「いうまでもなく」と自明のこととして断定し、強引に押し付けようとする姿勢はいただけない。

「Silence」という詩には次のような詩句がある（訳は平成版『漱石全集』第十三巻より）。

Silence!
Ask me why he is so dear?
Because Silence is bliss

静寂《しじま》よ
わたしにとって静寂はなぜかくも愛しいか。
静寂は至福だから。

Ask me why Silence is bliss?
Because he is perfect. Oh my life!

Better than the best things we possess,
Sweeter than love we call divine,
Dearer than Fame, Power and Riches,
I weep for him that is no more. Oh my life!

I look back and I look forward,
I stand on tiptoe on this planet
Forever pendent, and tremble ——
A sigh for Silence that is gone,
A tear for Silence that is to come. Oh my life!

静寂はなぜ至福なのか。
静寂は全きもの。あゝ、わが生活。

われわれの所持する何よりもすぐれ、
神聖と呼ぶ愛よりも甘美にして
名声、権力、富よりも美しい、
過ぎ去りし静寂に涙す。あゝ、わが生活。

来し方、行く末を見つめ、
われこの地上に爪先立ち
永久《とこしえ》に宙に浮きつつ身震いす——
今は亡き静寂に吐息し、
来るべき静寂に涙す。あゝ、わが生活。

詩にいう至福に満ちた「Silence」とは、「今は亡き」生前の世界と「来たるべき」死後の世界を象徴したものであろうか。しかし現世の漱石は、「Silence」＝パーフェクトな至福の世界から引きはがされ、「この地上に爪先立ち永久に宙に浮きつつ身震い」をしている。「my life」

は安らぐことなく、絶望的な孤独と深い悲哀に塗り込められているようだ。

英語の散文には、一転して世界に対する激越な情念の爆発が見られる。次に、その一部を訳文で引用すると、

汝が、野に遊ぶ獣より限りなく優れたりと思うは、愚劣な慢心なり。余は、余自らのうちに、周辺の人々のうちに、大学教授や政治家のうちに、獣以外の何物も見ず——二十世紀の社会に適すべく付加物を重ね上げたる構造体を装備せる、まさに獣性の化身以外には。(中略)紳士、淑女よ、余は君らを憎む。余は君らのすべてを憎む。余は君らを、わが生涯の最後まで、君らの種族の最後の一人まで、心底から憎む。

(平成版『漱石全集』第十九巻「断片一六」)

彼ら(小人ども)には、彼らよりも優れ、従って社会で彼らよりも高尚な仕事を為しうる他人の邪魔をする権利は毛頭ない。もし彼らの妨害によって天職を営み難きときは、すべからく猛然と彼らに襲いかかり、彼ら蛆虫めら(vermins)を殺戮すべし。それこそ、我らの女神たる大自然の法則たり。(中略)余は、教訓を垂れたる故に、妻を失へり。余は、妻とその家族に教訓を垂れたる故にわが子女を失わんとす。(中略)汝、たとえ、世間の女房が礼節をわきまえ恭順である程度に恭順にして礼節をわきまえたる女なりとも、余は

汝を許すまじ。よくよく成り行きを見るべし。よくよく成り行きを見るべし。何でもやってみろ。気のすむまで、どんな手口でも使ってみろ。汝の気がすむまで、余に対して徒らに試みられる計略が見事に外れるまで。

（同前「断片一七」）

孤独に悶え憎悪に荒れ狂う漱石を、かろうじて精神の自爆から救ったのは、おそらく〈表現すること〉であり、何といっても『吾輩は猫である』の執筆であったろう。

『吾輩は猫である』の（一）は、一九〇四（明治三十七）年末に書かれ、翌年の『ホトトギス』一月号（一月一日発売）に掲載された。作品は予想外の人気を呼び、続編が次々と書き継がれ、そのお陰で『ホトトギス』の発行部数は倍増した。

一九〇五（明治三十八）年、雑誌『太陽』（十二月号）の「雑言録」は、漱石を「猫で売り出して、この頃は、文壇のはやりツ児也[6]」と紹介した。翌年になると、「（『破戒』の島崎藤村と）相前後して新らたに小説壇に現はれ、一種類例なき特色を以て忽ち文壇の流行児と称せらるゝに至つたのは[7]」夏目漱石氏である、と評されるようになった。さらに『太陽』は小説界を総括して、「思ふに三十九年の文壇は漱石子の一人舞臺なりと謂ふも、強《あなが》ち不当にあらざるべし[8]」と述べている。この二年間に漱石は東京帝大講師・一高講師の傍ら、『吾輩は猫である』（一〜十一）を完成させただけではなく、『倫敦塔』から『野分』に至るまで十一の中・短編小説を執筆したのだった。まさに八面六臂の活躍であった。

自己の表現したものが人々の共感を呼んでいると知った時、漱石の孤独は癒され、憎悪は和らいでいったようだ。また、漱石の周りには彼を慕う若者たちが集まり始めた。寺田寅彦ら五高時代の教え子に加え、皆川正禧、野間真綱、野村伝四、中川芳太郎、そして鈴木三重吉、森田草平などである。少し遅れて松根東洋城、小宮豊隆、野上豊一郎も千駄木の漱石宅を訪れるようになった。(9) 漱石は稀に見る寛大さで彼らを受け入れていく。打算のない若者たちとの交流は、漱石の凍りついた心を溶かしていったのであろう。

来客の多さに悲鳴を上げた漱石は、鈴木三重吉の提案を受け入れ、一九〇六(明治三十九)年秋から毎週木曜日(午後三時～)を面会日に定めた。この面会日は、漱石を中心とした若者たちの自由闊達な談論の場となり、いつしか「木曜会」と呼ばれるようになった。「木曜会」は漱石が亡くなるまで続いた。

面会日を設けた頃、漱石は狩野亨吉に長文の手紙を書いた。この時狩野亨吉は、設置されたばかりの京都帝大文科大学の学長であった。漱石を京都帝大に招聘しようとしたが、漱石はそれを辞退していた。

僕も京都へ行きたい。行きたいが是は大学の先生になつて行きたいのではない。遊びに行きたいのである。自分の立脚地から云ふと感じのいゝ愉快の多い所へ行くよりも感じのわるい、愉快の少ない所に居つてあく迄喧嘩をして見たい。(中略)僕は世の中を一大修羅場と心得てゐる。さうして其内に立つて花々しく打死をするか敵を降参させるかどつちにかして見たいと思つてゐる。敵といふのは僕の主義僕の主張、僕の趣味から見て世の為にならんものを云ふのである。世の中は僕一人の手でどうもなり様はない。ないからして僕は打死をする覚悟である。（十月二十三日付）

漱石は、強大な「敵」と戦い「打死をする」という「覚悟」を、狩野亨吉への私信のみならず、作品を通して読者に向かっても表明した。『二百十日』と『野分』である。しかし両作品とも、漱石の意気込みに反して評価はかんばしくなかった。例えば『早稲田文学』（無署名）は、「漱石氏が現実を正面から描かんとした『二百十日』及び『野分』が、その点に於いて予期の効果を収め得なかつたの」は、「其の固有の態度（「俳諧的態度」のこと。引用者注）を棄て得なかつた故である」と批評したが、これはまだ好意的な方であった。『二百十日』については「円遊の落語然たるを感じたり[10]」として一蹴されたり、『野分』に関しても「『野分』は小説にあらず論文なり。（中略）苟《いやしく》も之れを小説なりと云はんには、徹頭徹尾失敗の作なり[11]」と酷評されたりした。

確かに『二百十日』も『野分』も、文学作品としての完成度は高くない。見るべきところがあるとすれば、漱石の社会的現実に対する姿勢が（生硬ではあるが）ストレートに出ている点であろう。

『二百十日』の圭さんは、轟々と吹き上がる阿蘇の噴煙を見上げながら、碌さんと次のようなやり取りをする――「僕の精神はあれだよ」「革命か」「うん。文明の革命さ」「文明の革命とは」「血を流さないのさ」（中略）「相手は誰だい」「金力や威力でたよりのない同胞を苦しめる奴等さ」（中略）「社会の悪徳を公然道楽にして居る奴等は、どうしても叩きつけなければならん」。

『野分』では、主人公・道也先生の「現代の青年に告ぐ」と題する演説が詳しく紹介される。その場面が『野分』のクライマックスといってよい。道也先生は聴衆に向かって語りかける――「社会は修羅場《しゅらじょう》である。文明の社会は血を見ぬ修羅場である。四十年前の志士は生死の間に出入して維新の大業を成就した。諸君の冒すべき危険は彼等の危険より恐ろしいかも知れぬ。血を見ぬ修羅場は砲声剣光の修羅場よりも、より深刻に、より悲惨である。諸君は覚悟せねばならぬ。勤王の志士以上の覚悟をせねばならぬ。斃《たお》るゝ覚悟をせねばならぬ」と。また言う、「岩崎（三菱財閥を築いた岩崎一族のこと。引用者注）は別荘を立て連らねる事に於て天下の学者を圧倒してゐるかも知れんが、社会、人生の問題に関しては小児と一般である。十万坪の別荘を市の東西南北に建てたから天下の学者を凹ましたと思ふのは凌雲閣を作つたから仙人が恐れ入つたらうと考へる様なものだ……」。

圭さんの「文明の革命」論も道也先生の演説も、気宇壮大ではあるが、そこには切迫した実践的気構えが感じられない。漱石は「勤王の志士以上の覚悟」「斃《たお》るゝ覚悟」を云々しながら、

『早稲田文学』が批判するように「遠く現実を離れて現実に対せんとする俳諧的態度」を完全に払拭するには至らなかった。また両作品の観念性は、他方で、「脳病、神経衰弱併発」の期間中に燃えさかった、現実への被害妄想的な憤懣が――書くことのカタルシス効果によって癒されつつあったとはいえ――漱石の内部で十分咀嚼し消化されていなかったことにもよるのだろう。

『野分』は、漱石が大学講師時代に書いた最後の小説であった。一九〇七（明治四十）年四月、漱石は東京帝大と一高を辞し『朝日新聞』に入社する。出社の義務はなく、長編小説を最低年に一作『朝日新聞』に連載する（小説は『朝日新聞』以外には発表しない）というのが基本的な条件であった。月俸は二百円（賞与年二回）である。こうして漱石の活躍の舞台は、それまでの発行部数[12]が五千にも満たない『ホトトギス』や『帝国文学』などの雑誌から、二十万超の読者を擁する『朝日新聞』紙上に移っていった。

「末は博士か大臣か」ではないが、教授昇格を目前にし、博士になるのも決して夢ではなかった漱石が、安定した学者の地位を捨て、当時社会的地位の低かった新聞社に入社したのは、恐らく「打死をする覚悟」を固めた上での、捨て身の大勝負であったろう。同時にそれは、「教師をやめて単に文学的の生活を送りたきなり[13]」という、熊本時代以来の夢の実現でもあった。

注

（1）『文学論』の刊行は一九〇七（明治四十）年五月七日であるが、その「序」はすでに一九〇六（明治三十九）年十一月四日の「讀賣新聞」に発表されていた。

（2）『漾虚集』は「倫敦塔」「カーライル博物館」「幻影の盾」「琴のそら音」「一夜」「薤露行」「趣味の遺傳」を収録した短編集。一九〇六（明治三十九）年大倉書店五月十七日刊。

（3）『鶉籠』は「坊ちゃん」「草枕」「二百十日」を収めた作品集。一九〇七（明治四十）年春陽堂一月一日刊。

（4）この段落の引用は、夏目鏡子述・松岡譲筆録『漱石の思ひ出』の「二二　小康」、「二三　『猫』の家」による。

（5）江藤淳著『漱石とその時代　第二部』の「18　創造の夜明け」による。

（6）雑誌『太陽』一九〇五（明治三十八）年十二月号による。無署名。以下、当時の雑誌や新聞からの引用は、平岡敏夫編『夏目漱石研究資料集成』第一巻による。

（7）『早稲田文学』第一〇号「彙報」による。無署名。

（8）雑誌『太陽』の「附録明治卅九年史　文芸界」による。

（9）集まって来た若者たちは、ほとんどが帝大生か帝大卒のエリートであった。列挙した門弟たちのうち、皆川正禧、野間真綱、野村伝四、中川芳太郎、鈴木三重吉、森田草平、野上豊一郎は東京帝大英文科。小宮豊隆は東京帝大独文科。松根東洋城は松山中学の教え子で、京都帝大仏法科。寺田寅彦は東京帝大物理学科である。

（10）一九〇六（明治三十九）年十月十日『讀賣新聞』の「文芸時報」（正宗白鳥筆）による。正宗白鳥は「『二百十日』は多忙なる為未だ通読せず」とも述べており、読むに値しないとでも言いたげである。

（11）月刊『ハガキ文学』一九〇七（明治四十）年三月号の「時評」（福山巖雄筆）による。

（12）『ホトトギス』の発行部数については、『国史大事典』（吉川弘文館）に「漱石の小説が掲載されることで、発行部数は三千を越した。東京へ引き取った時期は、千五百ほどである」とある。また、同じく『国史大事典』に、『帝国文学』の「発行部数は三、四千前後という」とある。『朝日新聞』の発行部数は、一九〇四(明治三十七)年、日露戦争が始まった頃のもので、『大阪朝日』と『東京朝日』の合計。『朝日新聞』の発行部数については、奥武則著『大衆新聞と国民国家』(平凡社選書)、片山慶隆著『日露戦争と新聞』(講談社)を参考にした。

(13) 一八九七(明治三十)年四月二十三日付正岡子規宛書簡による。

夏目先生は封建的

「『青鞜社』のころ」という座談会(雑誌『世界』一九五六年二月号)の中で、平塚らいてうは漱石を名指しで批判した。

座談会では、まず山川菊栄が、日露戦争中も非戦の立場を貫いた『平民新聞』を、女性の立場から批判して、次のように述べた。――「明治四十年の『平民新聞』を見ると、長いこと續きもので女子大學(平塚らいてうの出身校・日本女子大学校のこと。引用者注)の攻撃をしておりますね。(中略)目白の花柳大學などと女子大生が賣春婦でもあるかのようなことを書いている。(中略)男女平等とか自由戀愛とかいつても、それが地についていなかつた」。

それを受けるかたちで平塚らいてうは、「文壇の人たち」に批判の矛先を向ける――「口にされることはたいへん進歩的で新思想のもち主のようでも一たび實際問題にぶつかると實に古い、殊に婦人に対する考え方はちつとも變つていない」と。そして、「馬場先生（馬場孤蝶のこと。引用者注）のようなお方でもそうです。夏目先生などは、いつそう封建的な方だと思いましたね。新しい女への理解など全くなかつたでしょうね」と決めつけた。平塚らいてうが馬場孤蝶と漱石を「封建的」と批判したのは、彼女と森田草平との心中未遂事件（いわゆる「煤煙事件」のこと。「塩原事件」ともいう）との関わりにおいてであった。彼女は、「文壇の先生たち」が提示した心中未遂事件の「解決策」に、強い不満を表明した。平塚らいてうは言う、「文壇の先生たちの中から出された（事件の）解決策が何はともあれ、結婚させてしまえであつたのにはあきれました。子供でしたからほんとにびつくりしましたね、腹もたちました、それが平塚家に對してだとか、世間に對する責任のようなことをいわれるのですから」。平塚らいてうは、同様の批判を自伝『元始、女性は太陽であった』[1]の中でも繰り返している。

この事件の解決策として森田先生の側から――というより夏目（漱石）先生の側から――こちらに持ち込まれたことは、わたくしには全く意外というよりほかないことばかりでした。

なんでも森田先生は自分の家に帰らず、そのまま夏目先生邸で謹慎中とのことで、生田先生（生田長江のこと。引用者注）のいわれるには、われわれ若い者はこの際ひっ込んで、

「煤煙事件」の３年後『青鞜』創刊の頃の平塚らいてう（日本近代文学館提供）

事件の処理はおとなに一任するる——つまり夏目先生と馬場先生（馬場先生は閨秀文学会[2]の講師だという関係もありました）にお任せした。それで今日うかがったのは両先生のお使いとしてだというような口上で、父に面会して、大体つぎのような意味のことを、両先生の一致した意見として述べられたらしいのです。

「森田君がやったことに対しては、平塚家ならびにご両親に十分謝罪させる、その上で時期を見て平塚家へ令嬢との結婚を申し込ませる。」

（中略）

わたくしは両先生のご意見というものをきいて、腹が立つよりあきれ返ってしまいました。一体、森田先生はこんどのことをなんと思っているのだろう、これほど当事者を無視したものの考え方があろうか、男と女の問題とさえいえば、結婚ですべて解決すると思っている世間の有象無象と全く同じじゃないか——。

「とんでもない。結婚などわたくし考えておりません。森田先生だってそうだと思います。」

とつい言葉に力がはいりました。

（『元始、女性は太陽であった』上「塩原事件。そののち」）

「解決策」とは別に漱石は、森田草平が「事件」を小説化することを認めてくれるよう、平塚家に書簡で申し入れた。らいてうの父・定二郎は、「世間をさわがしたうえに、それを小説にかいて、売りものにする」と怒り、申し入れを拒否した。母・光沢《つや》が直接漱石宅を訪問し、その意志を伝えたが、漱石は「（草平は）書くほかに活《い》きる道がない。活きることは人間に許された最後の権利である」[3]という主旨のことを主張して押し切ってしまう。

森田草平には妻子があり愛人もいた。漱石の「解決策」と小説化の申し入れは、あまりにも短兵急で、かつ安直であった。生田長江を介して平塚家に「解決策」が提示されたのは、一九〇八（明治四十一）年四月の始めであったと思われるが、草平とらいてうが雪の尾頭《おかしら》峠（現栃木県那須塩原市）で警察に保護されてから十日ほどしか経っていなかった。「事件」は「自然主義、性慾満足主義の最高潮を代表するの珍聞」[4]などと報道され、とくにらいてうはマスコミの集中砲火をあびていた。「禅学令嬢」「書籍中毒患者」「一種の狂人」と揶揄嘲弄され、あげくには「あンな女は大久保村にやって乞食の手に抱きつかせるに限るよ」[5]という記事さえ出た（大久保村の「乞食」とは、いわゆる〈出歯亀事件〉の強姦殺人犯のことだと思われる）。そして間もなく彼女のもとに、日本女子大の同窓会「桜楓会」から除名の通知が届く。春画を送りつけてくる者もいた。

その間森田草平は漱石宅に蟄居していたから、漱石は彼から「事件」の内容について詳しく聞いていた。しかし、一方の当事者である平塚らいてうとは全く面識がなかった（その後も会っていない）。漱石が理解した平塚らいてうの像は、ほとんど森田草平から得た情報によるものであった。

「ふたりのやっていたことは、どうも恋愛ではない。結局、遊びだ、遊びとしかおもわれないよ」[6]というのが、漱石の「事件」に対する見解であった。らいてうについては――「女もそうまじめだとは思われないね。やっぱり遊んでいたんだね。君は思わせぶりでないように言うが、ぼくから見れば、言うこと為すことことごとく思わせぶりだ。それが女だよ。女性の中の最も女性的なものだね」[7]と言った。それに対しては、草平は「衷心から不服であった」[8]。森田草平は「事件」前から平塚らいてうに向かって、「夏目先生という人は、女のひとをまったく知らず、それも奥さん一人しか女を知らないで小説を書くものだから、作中の女はみんな頭で作られ、生きている女になっていない」[9]と陰口をたたいていたという。

しかし、漱石は女を知らなかったのではない。〈女しか知らなかった〉のだ。漱石はらいてうの言動を、「遊び」であり「ことごとく思わせぶり」であるとみなし、「女性の中の最も女性的なもの」として、全て〈女〉に還元してしまった。極端ないい方をすれば、漱石には、女性を〈人間〉として見る視点が欠けていたと思われる。男は〈人間〉であるが、女は〈女〉であるとでもいうように――。漱石は草平からの聞き取りを通して、「自分は女ではない、中性だ」

とうそぶくらいてうの中に、鋭くも〈女〉の匂いを嗅ぎとった。だが、そこに〈人間〉の香りを感じ取ることはできなかった。らいてうが「世間の有象無象と全く同じ」と侮蔑的にいってのけたのにも一理ある。

当時平塚らいてうは二十二歳。「書籍中毒患者」と揶揄されたように、猛烈な読書家であったが、文学書はほとんど読まず、もっぱら哲学書や宗教書を読みあさった。また、女子大在学中から熱心に禅道場に通い、卒業後見性《けんしょう》（仏心を感得し悟ること）し、慧薫の法名を得ていた。一方で、成美女子英語学校に学び英語の勉強にも取り組んでいた。

次は日本女子大時代の回想である。

わたくしはちょっとの休み時間にでも図書室にかけこみ、ときには講義を休んで終日ここですごすようなこともありました。九時半だったかの消灯後も、食堂へこっそり入って、ろうそくの火で本を読んでいて、寮監にたしなめられたことなど思い出します。

読むものは、宗教、哲学、倫理関係のもので、べつに系統立って読んだわけでなく、ただ濫読したものです。（中略）思い出すものを少し挙げれば、桑木厳翼の「哲学概論」「西洋哲学史概説」、大西祝の「西洋哲学史」、丘浅次郎の「進化論講話」、クリスト教関係では「聖書」、ルナンの「基督伝」、ダンテの「神曲」、バンヤン「天路歴程」、ミルトンの「失楽園」（いずれも邦訳）、著者は忘れましたが、トルストイの人生観、宗教観の紹介書、それから雑誌では、ユニテリアン教会の機関誌「六合雑誌」、本郷教会の機関誌「新人」などありましたが、この雑誌で読む綱島梁川の文章には心をひかれていました。

（『元始、女性は太陽であった』上「人生観の探求」）

おそらく、人は青春時代を真剣に生きることによって、豊かで深みのある人生を獲得できるのであろう。ところが、世の多くの「大人」たちの眼には、青春はしばしば危険な「遊び」に映る。明治時代の「大人」たちには、平塚らいてうの読書も参禅も、上流社会のお嬢さんの「遊び」、あるいは一風変わった花嫁修業に見えたかもしれない。しかしらいてうは、危険な「遊び＝青春」を真剣に生きていた。彼女は、「事件」発覚の三日後、悪びれることなく自宅で新聞記者のインタビューに応じ、「私が家出しましたのは、全く自分精神を貫くためです[10]」と述べた（彼女は家を出る際「わが生涯の体系を貫徹す……」という書き置きを残している）。これらのこともまた、「大人」たち（漱石も含めて）からすれば、女の「遊び」ということになるのだろうか。

「事件」後、漱石は森田草平に対して極めて寛大であった。マスコミの取材攻勢からガードするため二週間ほど自宅に住まわせただけでなく、小説を書くことを勧め新聞連載の世話までした。おそらく、彼の「遊び」を無駄にさせたくなかったのであろう。他方平塚らいてうの場合は、家族は「事件」前と変わらず彼女を受け入れてくれたが、彼女の「遊び」を理解してくれる者は身近にいなかった。彼女はほとんど自力で人生の危機を突破しなければならなかった。そして自力で突破した。

森田草平によると、平塚らいてうは「顔の輪郭の正しく、面長の下膨れで、見るからに利発らしく、黙っていられると、底の知れないような深味があった」という。また『草枕』の那美さんのモデルといわれる前田卓子と同様、漱石の好きな「おえんの型《タイプ》」（「おえん」は芸妓の名）に属する顔立ちをしていて、「言語動作はきわめて淑《しと》やか」であった。漱石は平塚らいてうに関して「事件」当初「わからない」を連発していたが、しばらくすると、彼女を「みずから識らざる偽善者《アンコンシアス・ヒポクリット》」とでもいうべき女だと「解釈できないこともない」などと言うようになった。さらに草平に冗談めかして「どうだ、君が書かなければ、ぼくがそういう女を書いてみせようか」と言ったという(11)。

『三四郎』のヒロイン・美禰子は、漱石が創り上げた、そんな平塚らいてうのイメージから生まれた。

注

（1）平塚らいてう著『元始、女性は太陽であった』上下二巻　大月書店（一九七一年刊）

（2）「閨秀文学会」は、一九〇七（明治四十）年生田長江が中心となって運営した、女性のための文学講習会。与謝野晶子、馬場孤蝶、森田草平らが講師であった。受講者には平塚らいてうの外、青山（山川）菊栄、大貫（岡本）かの子らがいた。

（3）森田草平著『夏目漱石』（講談社学術文庫）の「第二部　漱石先生と私」（『煤煙事件』の前後）による。

（4）（5）共に、一九〇八（明治四十一）年の『東京朝日新聞』による。前者は三月二十五日の記事、後者は三月二十八日のコラム「六面観」による。なお、後者は堀場清子著『青鞜の時代』（岩波新書）からの孫引き。

（6）（7）（8）三つとも森田草平著『夏目漱石』（講談社学術文庫）の「第二部　漱石先生と私」（『煤煙事件』の前後）による。

（9）平塚らいてう著『元始、女性は太陽であった』上巻の「塩原事件。そののち」による。

（10）一九〇八（明治四十一）年三月二十七日付の『万朝報』による。

（11）この段落の引用は全て、森田草平著『夏目漱石』（講談社学術文庫）の「第二部　漱石先生と私」（『煤煙事件』の前後）による。

あとがき

本書の第一章から第三章までは、福岡県高等学校国語部会（福岡地区）の機関誌『国語研究つくし野』に、第36号（二〇一三年度版）から三回にわたって掲載させていただいた。第四章は、その後書き留めた漱石関連の文章をまとめたものである。執筆には三年を要した。内容の部分的修正、歴史的事実や単純な誤字の訂正、注の作成等には半年ほどかかった。素人仕事であるため、執筆も書籍化に向けた作業もなかなかはかどらなかったが、何とか、二〇一六（平成二十八）年の漱石百年忌には間に合わせることができた。

主に書きたかったのは、熊本時代の漱石夫妻の生活であった。校正を終えてひと区切りがつき、改めて自分の書いた文章をじっくり読み返してみたが、書き終えた当初の高揚感や達成感は蘇ってこなかった。もっと調べ、もっと読み、もっと深く掘り下げておくべきであったと思われる箇所が、やけに目立つばかりであった。しかし欲を出したらきりがない。本書の内容が、ちょうど自分の力量に見合った出来映えなのであろう。ただ、書こうと思えば書けたはずなのに、書くのをためらった題材がいくつかあり、その点心残りがないわけではない。中でも残念に思うのは、漱石が五高の第七回開校紀《ママ》年式で朗読した「祝詞」について、本書で全く触れなかったことである。そこで、「あとがき」の内容としてはふさわしくないのだが、ここに漱石の『祝詞』を巡って、若干私見を述べてみることにする。

　五高の第七回開校紀年式は、漱石来熊の翌年、一八九七（明治三十）年十月十日（日曜日）に開催された。「君が代」「勅語奉読」「学校長祝詞」に続き、漱石は職員総代として祝詞を朗読した。祝詞には、「夫《ソ》レ教育ハ建国ノ基礎ニシテ　師弟ノ和熟ハ育英ノ大本タリ」とあり、「此記念日モ（中略）益《マスマス》此ノ校ヲ光大ニシテ　聖恩ニ報イ奉ラントテ也」とある。そして、「学校一致ノ観念ナキハ其校全体ノ破綻ニシテ　亦国家教育ノ陵夷ナリ　懼テ且戒メザルベキ《ママ》ンヤ　是ヲ祝規トス　諸子之ヲ諒セヨ」で結ばれている。

　現在、祝詞の一節「夫レ教育ハ建国ノ基礎ニシテ　師弟ノ和熟ハ育英ノ大本タリ」を刻した漱石記念碑が、熊本大学構内に残されている。長い間、祝詞は漱石が書き、朗読したものだと思われてきた。ところが今では、それは漱石が書いたものではなく、代筆の可能性が高いとされている。熊本大学の五高記念館に所蔵されている自筆原稿には「第五高等学校教員総代　教授夏目金之助」と署名されているが、それは漱石の筆跡ではなく、漱石の文体とも違うというのがその根拠である。平成版『漱石全集』においても、祝詞は漱石の文章として扱われていない。第二十六巻（別冊　中）に、雑纂Ⅱ（参考資料）の一つとして載せられているにすぎない。

祝詞はわずか六百字程度の短いものであり、しかも漱石の書いた文章ではないとすれば、それをもとにして彼の教育観や学校観を論じるのは差し控えるべきだと思い、私は本書で言及するのを避けた。ただ、筆まめな漱石がなぜ祝詞を自ら書かなかったのかという疑問は残る。前年の開校紀年式では親友の菅虎雄が、やはり職員総代として祝詞を朗読している。彼のアドバイスを受けて書けば、祝詞の作成は容易であったろう。にもかかわらず漱石は祝詞を書かなかった。だとすれば、ひょっとして五高では例年、祝詞の原稿作成・清書・朗読がそれぞれ分業化されていたのかもしれない。いずれにしても、祝詞は当時の五高職員の最大公約数的な見解を儀式用にまとめたものであろうから、そこに、朗読者である漱石の教育観・学校観が、全面的に表明されているわけではない。だが、祝詞の内容が、漱石の考えに全く反するものだとも考えられない

すでに二十五歳（大学三年）の時漱石は、大学に提出した教育学のレポート（平成版『漱石全集』では「中学改良策」というタイトルが付けられている）の中で、「国家主義の教育」の必要性を強調していた。彼は「理論上より言えば教育は只教育を受くる当人の為めにするのみにて其固有の才力を啓発し其天賦の徳性を涵養するに過ぎず　つまり人間として当人の資格を上等にしてやるに過ぎず」といいつつ、「世界の有様が今のまゝで続かん限りは国家主義の教育は断然癈すべからず　況して吾邦の如き憐れなる境界に居る国に取つては益《ますます》此主義を拡張すべし」と述べている。そして「生徒徳育の改良」の具体策として、「毎週一回倫理上の講筵」

を開き「講師は主として愛国主義を説き　次に吾邦の他邦と異なる国体を審《つまび》らかになし　次に師弟長幼朋友等各人相互の関係に及ぶべし」と提起した。

この提起には、二年前に発布された教育勅語の影響が見受けられる。というより漱石は、教育勅語の内容を「生徒徳育の改良」の基本に据えているようだ。当時明治政府は、教育勅語の徹底と神聖化に力を入れていた。漱石が「中学改良策」を書く前年には、内村鑑三の教育勅語に対する不敬事件が起こっている（内村鑑三は「依願解嘱」という形で一高を免職になった）。

帝大は「国家ノ須要ニ応ズル学術技芸ヲ教授シ」「攷究スル」（帝国大学令）ことを目的としていたから、漱石としては（教育学の単位を取る必要もあったろうし）、教育勅語を否定するわけにはいかなかった。漱石は「国家ノ須要ニ応ズル」優秀な大学生であった。

漱石は国家主義者ではなかったが、学生時代以来熊本時代も、「国家主義の教育」の推進を是認していた。ただ、私が知りたいと思ったのは、熊本時代の漱石が、日々の教師生活を通して教育や学校に関して何を考え、何を感じていたかということであった。

漱石が五高に勤務していた頃、「紀元節」（二月十一日）と「天長節」（十一月三日）には職員・生徒参加の下で「祝賀式」が執り行われた。また、第十一旅団司令部の凱旋行進を職員・生徒総出で出迎えたり、参謀総長小松宮殿下の来熊、五高臨校、離熊を全校こぞって送迎したこともあった。「英照皇太后埋棺遙拝式」、「皇太子殿下御婚礼拝賀式」なども学校行事として行われた。

修学旅行も「国家主義の教育」色が濃厚であった（漱石は五高で二度修学旅行に参加している）。汽車や船で移動する時以外は、生徒たちは銃を担い隊列を整えて「行軍」した。「行軍」しつつ軍歌を歌うこともあった。敵味方に分かれて二度の「發火演習」（模擬戦闘）を行った。旅行を終え学校に帰着すると、「一同兩陛下萬歳、並びに第五高等學校萬歳を三呼し、終りて練兵場に出で丶、武装を解」いた（『龍南会』五十二号附録）。

一八九九（明治三十二）年の紀元節拝賀式では「不敬事件」が起こり、新聞沙汰の騒ぎになった。

ドイツ人教師が「聖影」に対する拝賀の礼を拒否したのだ。結局そのドイツ人教師は「謝罪」し処分を免れたが、校長は国から譴責処分を受けることになった。この時漱石は五高の評議員をしていたから、学校当局の事件への対応に、何らかの関わりをもっていた可能性がある。

漱石は、自らが参加したこれらの学校行事について何も書き残さなかった。だから、彼が五高の教師経験を通して汲みとったものの再現は、まず不可能といっていいが、漱石の教師嫌いの原因の一つは、強化されつつあった当時の国家主義教育に対する反発にあった、というのが私の推測である。

漱石は、五高に赴任した年、高等官六等を下賜された、いわば〈天皇の官吏〉であった。また、英語科主任に任命され、職員総代として祝辞を朗読したように、教師としての〈格〉を徐々に高めつつあった（英国留学の年には教頭心得になる）。しかし一方で、内面から沸き起こる「文学的の生活」への欲求を抑えることができずにいたし、英文学の本質を極めたいという強い思いも持っていた。そういう自己分裂の中で、「国家主義の教育」を謳いあげた祝詞を読むおのれに対して、漱石は強い違和感を覚えていたのではないか。

だが私は、自分の推測を掘り下げる作業、または推測に具体的な肉付けをする作業を中断してしまった。今後に向けての課題にしたいと思う。

多くの人々にとって、青春は、希望に満ちあふれた、輝かしい〈人生の春〉であると同時に、人を破滅に導きかねない、深刻な〈危機の時代〉でもあるようだ。私にとってもまた、青春は、潔癖と汚濁・希望と絶望とが交錯しつつ沸騰する、まさに危機の時代であった。その危機から私を救ってくれたのは文学であり、とりわけ漱石の文学であった。漱石は私を癒やし励ましてくれただけではなく、嘔吐を催すような人の心の暗闇と、しかしそれを突き抜ける高貴な精神の存在とを、私に指し示してくれた。漱石は私の父であり、師であり、友であった。

つまるところ、本書は、私の青春のささやかなメモリアルであり、漱石に捧げる私のオマージュである。

小宮　洋

二〇一五年五月

主な参考文献

『漱石全集』（全二十八巻別巻一）岩波書店、一九九三年〜一九九九年

『漱石全集　月報　昭和三年版　昭和十年版』岩波書店〔漱石全集（昭和四十九年版）附録〕

荒正人著・小田切秀雄監修『増補改訂漱石研究年表』集英社、一九八四年

平岡敏夫編『夏目漱石研究資料集成』（全十巻別巻一）日本図書センター、一九九一年

角川書店版『漱石全集　別巻（漱石案内）』、一九六七年

夏目鏡子述・松岡譲筆録『漱石の思ひ出』岩波書店、二〇〇三年第一四刷改版

和田茂樹編『漱石・子規往復書簡集』岩波文庫、二〇〇二年

小宮豊隆著『夏目漱石』（上中下全三冊）岩波文庫、一九八六年〜一九八七年

小宮豊隆著『漱石の藝術』岩波書店、一九三八年

松岡譲著『漱石先生』岩波書店、一九三四年

松岡譲著『漱石・人とその文学』潮文閣、一九四二年

松岡譲著『ああ漱石山房』朝日新聞社、一九六七年

松岡譲編『漱石寫眞帖』朝日新聞社、一九二七年

森田草平著『夏目漱石』筑摩書房、一九六七年

森田草平著『夏目漱石』（全三巻）講談社学術文庫、一九八〇年

津田青楓著『漱石と十弟子』芸艸堂、一九七四年

内田百閒著『私の「漱石」と「龍之介」』筑摩書房、一九六九年

林原耕三著『漱石山房の人々』講談社、一九七一年

金子健二著『人間漱石』協同出版、一九五六年

島為男著『夏目さんの人及思想』大同舘書店、一九二七年

江藤淳著『漱石とその時代』「第一部」「第二部」新潮社、一九七〇年

江藤淳著『漱石とその時代』「第三部」新潮社、一九九三年

原武哲著『夏目漱石と菅虎雄――布衣禅情を楽しむ心友――』教育出版センター、一九八三年

熊本近代文学研究会編『方位 第十九号　熊本の漱石』三章文庫、一九九六年

中村光夫著『作家の青春』創文社、一九五二年

荒正人著『評伝 夏目漱石』実業之日本社、一九六

〇年
伊藤整著『作家論』筑摩書房、一九六一年
大岡昇平著『小説家夏目漱石』ちくま学芸文庫、一九九二年
宮井一郎著『漱石の世界』講談社、一九六七年
小坂晋著『漱石の愛と文学』講談社、一九七四年
石川悌二著『夏目漱石――その実像と虚像』明治書院、一九八〇年
大岡信著『拝啓　漱石先生』世界文化社、一九九九年
水川隆夫著『夏目漱石と戦争』平凡社新書、二〇一〇年
江下博彦著『漱石余情　おジュンさま』西日本新聞社、一九八七年
木村隆之著『セピアの館　夏目漱石「草枕」異聞』新風舎、一九九五年
熊本日日新聞情報文化センター制作『「草枕の里」を彩った人々』天水町発行、一九九六年
安住恭子著『「草枕」の那美と辛亥革命』白水社、二〇一二年
夏目伸六著『父・夏目漱石』文春文庫、一九九一年
夏目房之介著『漱石の孫』実業之日本社、二〇〇三年
松岡陽子マックレイン著『孫娘から見た漱石』新潮選書、一九九五年
松岡陽子マックレイン著『漱石夫妻　愛のかたち』朝日選書、二〇〇七年
半藤末利子著『夏目家の糠みそ』ＰＨＰ研究所、二〇〇〇年
半藤末利子著『漱石夫人は占い好き』ＰＨＰ研究所、二〇〇四年
半藤末利子著『漱石の長襦袢』文藝春秋、二〇〇九年
寺田寅彦・松根豊次郎・小宮豊隆共著『漱石俳句研究』岩波書店、一九二五年
小室善弘著『漱石俳句評釈』明治書院、一九八三年
坪内稔典著『俳人漱石』岩波新書、二〇〇三年
坪内稔典・あざ蓉子編『漱石熊本百句』創風社出版、二〇〇六年
大岡翔著『漱石さんの俳句　私の好きな五十選』実業之日本社、二〇〇六年
斎藤英雄筆『夏目漱石の新婚旅行の俳句について――筑紫野市の俳句を中心に――』九州大谷情報文化33号、二〇〇五年

斎藤英雄筆『夏目漱石の新婚旅行の俳句について――「太宰府天神」の俳句を中心に――』九州大谷研究紀要32号、二〇〇六年
斎藤英雄筆『夏目漱石の新婚旅行の俳句について――福岡市の俳句を中心に――』九州大谷研究紀要33号、二〇〇七年
『子規全集』第四巻（「俳論俳話1」）講談社、一九七五年
坪内稔典著『正岡子規　言葉と生きる』岩波新書、二〇一〇年
『日本及日本人』秋季増刊号復刻版、一九二八年
昭和女子大近代文学研究室著『近代文学研究叢書』第十一巻、一九五九年
平塚らいてう著『元始、女性は太陽であった』（上下二巻）大月書店、一九七一年
堀場清子著『青鞜の時代――平塚らいてうと新しい女たち――』岩波新書、一九八八年
北垣隆一著『改稿　漱石の精神分析』北沢書店、一九六八年
千谷七郎著『漱石の病跡――病気と作品から――』勁草書房、一九六三年
笠原嘉著『精神科医のノート』みみず書房、一九七六年
笠原嘉著『新・精神科医のノート』みみず書房、一九九七年
『解釈と鑑賞』別冊『現代のエスプリ　第五十一号作家の病跡』至文堂、一九七一年
高橋正雄著『漱石文学が物語るもの　神経衰弱者への畏敬と癒し』みみず書房、二〇〇九年
磯田光一編『摘録　断腸亭日乗』ワイド版岩波文庫、一九九一年
金田一春彦・安西愛子編『日本の唱歌　下』「学生歌・軍歌・宗教歌篇」講談社文庫、一九八二年
『明治博多往来図絵　祝部至善画文集』石風社、二〇〇三年
井上精三著『博多郷土史事典』葦書房、一九八七年

写真提供

国立国会図書館、福岡県立図書館、日本近代文学館、神奈川近代文学館、筑紫野市歴史博物館、小郡市野田宇太郎文学資料館、草枕交流館（熊本県天水町）、岩波書店

小宮洋（こみや・ひろし）　1943年、福岡県生まれ。福岡教育大学卒業後、福岡県内の高校で国語教師を勤める。退職後は、ピアノ教室に通いジョギングを楽しみながら、漱石研究を続けてきた。また月２回、福岡刑務所の受刑者に国語（古典）を教えている。

漱石の新婚旅行

■

著者　小宮　洋

■

2015年６月15日　第一刷発行

■

発行者　西　俊明

発行所　有限会社海鳥社

〒812－0023　福岡市博多区奈良屋町13番４号

電話092(272)0120　FAX092(272)0121

http://www.kaichosha-f.co.jp

印刷・製本　九州コンピュータ印刷株式会社

ISBN978-4-87415-948-4

［定価は表紙カバーに表示］